華陰老腔

邢小俊 著

陕西新华出版传媒集团
太白文艺出版社(西安)

图书在版编目（CIP）数据

华阴老腔 / 邢小俊著. -- 西安 : 太白文艺出版社,
2021.12
ISBN 978-7-5513-1983-6

Ⅰ. ①华… Ⅱ. ①邢… Ⅲ. ①报告文学—中国—当代
Ⅳ. ①I25

中国版本图书馆CIP数据核字(2021)第061485号

华阴老腔
HUAYIN LAOQIANG

作　　者　邢小俊
责任编辑　蒋成龙
扉页题字　樊洲
整体设计　建明文化
出版发行　陕西新华出版传媒集团
　　　　　太 白 文 艺 出 版 社
经　　销　新华书店
印　　刷　西安市建明工贸有限责任公司
开　　本　720mm × 1000mm　1/16
字　　数　236千字
印　　张　19
版　　次　2021年12月第1版
印　　次　2021年12月第1次印刷
书　　号　ISBN 978-7-5513-1983-6
定　　价　68.00元

联系电话：029-81206800
出版社地址：西安市曲江新区登高路1388号（邮编：710061）
营销中心电话：029-87277748　029-87217872

▼序言一

唱响与传递

李炳银

陕西华阴的古老曲牌“老腔”，在2005年时由作家陈忠实推荐给北京人民艺术剧院（简称北京人艺）导演林兆华，后者又将其巧妙地融入话剧《白鹿原》的演出中，立即如空谷足音。从此，华阴老腔声名大振，不断受到重视和推崇，走遍全国各地，走出国门到法国、德国、美国等国家演出，受到国内外观众的喜爱。

邢小俊提供给读者的这些文字，非常真实、具体地描绘了华阴老腔曲折的命运，特别是作为一种古老珍贵的民间艺术，华阴老腔在陈忠实、林兆华、党安华等有识之士的巧妙继承、改进、丰富和创新下，再展绚烂、强势新生的情形。本书也真切生动地记述了张喜民、王振中等老腔艺人与老腔的生命牵连和命运起伏的故事，以及老腔在新的推进过程中遇到的困惑、矛盾和趣事等，令人感到新颖，兴味多多。这些看似新闻层面上的内容，其实同老腔产生的土壤根系和生长过程，同老腔的风格和影响力等，都存在很大的关联，特别是它在对现存历史的信息保存方面，具有重要价值。此外，书中还加入了二维码，让读者非常便捷地观看到老腔的表演视频，十分精妙！

邢小俊是个非常有担当、有作为的新闻工作者，每天的新闻事务很繁忙。邢小俊还是个脚踏实地、富有现实和历史情怀的文化学者、作家。他对自己生活、成长于斯的这片土地及土地上的文化遗存兴趣浓厚。他出版过好几本散文集、报告文学集，对这里的社会文化风俗及人们的命运变化，都有很多精彩的描绘。如果你阅读了他的《泼烦》《居山·活法》《拂掌大地》等书，你就能清晰地感受到他的书的独特和趣味。因此，关注老腔的生存命运，关注老腔艺人对古老艺术的深挚坚守以及背后的故事，对于邢小俊来说似乎是一种不可放弃的责任。多年来，他不停歇地跟踪老腔的行走、发展、变化和复兴的脚步，用心将这许多的精彩内容记录下来，这是对老腔历史的书写，是对老腔的致敬！

初看老腔的红火，似乎是件机缘巧合的事，其实这偶然中有着很大的必然性。这个必然性，就是老腔的古老和它本身具有的原始、独特的艺术声貌，以及它对世事人心质朴精到的把握和独特的艺术表现，等等。这样带有鲜明的原始乡野风格的古老曲牌说唱表演艺术，是具有很强的民间性、基层性的。一个老腔班社，也就不到十个成员组成的队伍，所有装备，几副挑担或两辆推车就可以搬动。也正是因为这样的特点，在社会环境改变和文艺表演方式、手段不断丰富的今天，这样总在乡间活动的表演，就不幸地被城市之光遮蔽了。然而，尽管生存艰难、传承不易，但是金子就会发光，就会有突然焕发生机的机会。

就我个人来说，对于老腔这种民间艺术，其实并不陌生。我的家乡就在陕西省临潼县（现为临潼区）东部的铁炉塬上，距离东边的华阴县（今华阴市）不过百十公里的路程。在年幼的时候，我曾多次现场观看过当时人们叫皮影的戏，如今有所改变，取消挑皮影而直接面对观众演奏而叫“老腔”。因此，对于老腔的表演和曲调，我是记忆深刻并感到非常亲切熟悉的。记得小时候看皮影戏时，我特别喜欢贴近木板搭起的台子，扒开包裹着的幕布，看里边的艺人手口并用忙活着演出的情形。我的一个表哥，就非常喜爱皮影，并有演唱皮影戏的本事。当时的乡下，文化生活非常枯燥单调，偶尔有一场皮影戏演出，也是一件非常热闹的大事。每当这时，周围村子都会有人来看，小小的幕布前，总是人头攒动，熙熙攘攘。故事只知道个大概，艺人的说唱也只能听懂一句半句，即便这样，那咣咣的交战声响和柔美的弦唢音调还是会使人陶醉其中。有不少老人，耐不得台下的喧闹，就静静地蹲在不远处的石砚上、屋檐下，不看灯影里各色人物的表演，只享受台上那独特的或高昂，或悠扬，或沙哑，或细软的腔调带来的满足感。不管是春寒夏热，还是秋凉冬冷，在汽灯的映照下，在几位艺人的手口表演里，老腔活泛了很多人寂寞的日子和人生。

2002年农历九月，我母亲八十大寿时，我还有过请皮影班社演出为母亲贺寿的想法，后来因为临时未找到联系方式，改为由西安的朋友帮忙请了十多位老中青秦腔演唱名角，像全巧民、刘茹惠、李发牢、乔慷慨、侯美玉等演唱助兴。但没有请到皮影戏，我的内心是有不少遗憾的。老腔是好东西，它表达和传递的爱恨情仇，入心入肺、扣人心弦，真是一门可以将人的各种复杂情绪提起，放下，再提起，不断交织到一起的粗犷而细腻、婉转而真诚的独特艺术表现形式。在过去，在一幅面积如今天的被面大小的幕布上，皮影艺人却可以将很多历史事件和人物命运的情景活灵活现地呈现出来，给观众提供很多的历史、社会、人文知识，拓宽他们的视野，丰富他们的生活。我真为当下的人们在如今这样纷繁的环境，能够接受并喜欢老腔而感到高兴！

皮影戏，陕西华县（今华州区）最早出现，时间上可以追溯到汉代。皮影戏也被认为是电影的始祖，这更使人感受到它的神奇之处。像老腔这样的古老艺术，经历历史和社会环境的考验，历经曲折艰辛的发展并在传承中获得新生也就不奇怪了。我们还是有理由为它的新生、发展而欢呼，为它的艺术感召而欣喜的！

2019年5月4日　于北京赵家楼

（李炳银，著名评论家，中国报告文学学会常务副会长）

不疯魔，不成活

——我这一生和老腔

党安华

2000年，当我决定把老腔和皮影剥离，把老腔艺人推向大舞台，以他们本色的表演向观众呈现人性的张扬、生命的呐喊，以及农民们知足常乐的生活态度时，却遭到了老腔艺人的一致反对。

后来，经过多次和老腔艺人交谈，他们终于“妥协”，答应尝试一下。于是，我加强人员和乐器配置，把原来五人的皮影戏改为十多个人的情景老腔；对原有的老腔音乐曲牌重新做了编排，并在音乐节奏方面对他们提出了新的要求，但更多的则是要让他们用本色的表演去呈现农民们纯朴的情感和知足常乐的生活状态。在当今的舞台上，对于职业演员自我欣赏式的表演，观众已经不大接受了，而老腔艺人的本色表演将会是表演的另一种全新方式。我认为，这样的表演一旦艺人们找到了感觉，将会让观众耳目一新，让观众充分感受到浓郁的生活气息和对生命的思考。2003年排练的情景剧老腔《古韵乡趣》，完全打破了老腔的传统模式，而把音乐、绘画、曲艺、话剧等艺术元素融为一体，参加了渭南文艺会演并荣获创作、导演、表演等六个一等奖。当然，也有人说我是瞎折腾，把老腔完全破坏了。这对我也是一个警醒，我必须先向前走一走，再回头看一看。老腔艺人经过两年的打磨、排练，完全掌握了本色表演的特性。但让我更为震惊的是艺人们非常有生活积淀，表演的生活气息特浓。这是很多职业演员不具备的。

2004年，在一次排练时，我和老腔艺人张四季在排练场发生了矛盾，一气之下我把张四季坐的长条板凳踹了个底朝天，这一踹让我产生了灵感。当音乐到高潮部分时，我让张四季从舞台后区高举板凳直冲到舞台正前方，和着音乐节奏狠狠地敲击板凳。这对于一个不懂音乐节奏的老艺人来讲难度实在不小。张四季为了和音乐合上节奏，练得手上的血泡很长时间都没好。我看在眼里，疼在心里。张四季硬是经过半个多月的练习，才和音乐节奏基本吻合。他的表演情绪也基本达到了我的要求。从此，这条板凳也成了老腔标志性的东西。

为了让更多的人了解老腔、喜爱老腔，当年我们到处联系演出，分文不收，只要能给我们提供平台，让我们表演，我们就非常满足、高兴。2005年6月，陈忠实白鹿书院开业时邀请我们演出，在表演完两个节目后，台下坐的一大批文化名人用掌声让艺人们返场。作家张贤亮激动地说：“这是生命的呐喊和挣扎，你们让我看到了我多年都没有这样激动过的节目。”书法家吴三大在台下声嘶力竭地高喊：“美得很！美得很！”

2005年10月，导演林兆华带北京人艺一批演员到陕西采风时，陈忠

党安华的一生与华阴老腔紧密相连，被称为老腔的“幕后推手”

实先生向林老师推荐了华阴老腔。林老师看了我们的演出后问我：“小伙子，想不想和我合作一把？我排练话剧《白鹿原》，想用你们老腔作为全剧一条副线叙述《白鹿原》的故事。”我听后非常激动，因为林老师是我心中的偶像。当年我在上海戏剧学院导演系进修时，我的老师经常在课堂上讲林老师的作品。我知道他是中国著名的导演，是中国先锋派话剧的鼻祖。我激动地说：“我一定好好向林老师学习，你说怎么做，我一定听你的。”到了2006年3月，林老师把话剧《白鹿原》剧本寄给了我，并标出九个点，让我从老腔古典戏里找一种和剧情有暗合的内容。他说：“艺人们唱得好不好无所谓，甚至弦齐不齐都无所谓，我要的是一种中国农民的生命状态，一种苍凉、苍劲、苍茫的情绪。”我选好了九个唱段后，进行了两个多月的排练。2006年5月29日，我带着老腔艺人踏上了去北京的列车。第二天，林兆华老师集合剧组八十多个人到排练场，让老腔艺人表演了我给他们排练的九段老腔。表演结束后，北京人艺排练场一片沸腾。有一位演员激动地说："林导，话剧《白鹿原》别排了，到时候观众只会记住老腔，忘了话剧。"林老师向全剧组演员说："感受到了吧，什么是艺术？这才是真正的艺术！"这极大地鼓舞了我和全体老腔艺人。

6月1日，话剧《白鹿原》正式在首都剧场演出，连演三十二场，场场爆满，当老腔一曲终了，观众的掌声经久不息。和北京人艺合作后，各大媒体纷纷报道华阴老腔，我也从林兆华老师那里学到了很多东西。我最欣赏他的"让演员自然流露出的表演才是最生动的表演"的思路。他在排练场从不给演员做刻意的设计，他完全让演员在舞台上自由发挥。这也是我十多年来在排练老腔节目时坚持的一个宗旨。

当话剧《白鹿原》正式演出后，老腔艺人白天没有事，我们就和当时北京人艺马欣书记商量，想在北京推出一台"原生态老腔音乐会"，这一想法得到了马欣书记的大力支持。后来，我们晚上演出，白天排练。一台"老腔·秦腔·《白鹿原》原生态作品音乐会"终于于2006年6月28日在北京中山音乐堂推出，由濮存昕老师担任音乐会主持人，演出非常成功。演出结束后，一大批记者采访我和老腔艺人，也有很多观众和老腔艺人合影留念，有很多年轻人让艺人们签名。从此，华阴老腔在全国引起了很大反响，全国各地纷纷邀请我们演出。从此，老腔艺人的脚步踏遍了祖国大江南北。十多年来，老腔艺人的足迹遍布祖国二十多个省市自治区，并应邀远赴美国、德国、法国等十多个国家演出，先后有一百多家媒体相继报道。2009年，应美籍华人、著名音乐家吴蛮邀请，华阴老腔走出国门赴美国卡内基音乐厅、洛杉矶音乐厅演出了五场"老腔原生态作品音乐会"，在美国引起了强烈反响。《纽约时报》刊文《来自东方古老的摇滚乐》，高度赞誉华阴老腔。华阴老腔也获得不少荣誉，曾代表陕西参加全国各大艺术赛事，荣获国家级金奖四项，省部级一等奖二十多项。2016年，应邀参加央视猴年春晚，以一曲《华阴老腔一声喊》轰动全国。

十多年来，华阴老腔先后和交响乐、摇滚乐、民歌、歌剧、京剧、影视等不同门类艺术有过融合，但每每演出结束，观众褒贬不一。是继续创新往前走，还是坚持原本的老腔艺术形态？我很茫然。其实大家现在看到的华阴老腔也是经过了很大的改编，可以说也是一种创新，为什么贬的人非常少，而后来的创新合作贬的人就很多呢？我想一定是在某些方面仍然做得不够，即便是创新肯定也有哗众取宠的意味。

十多年来，老腔艺人和我一同奋斗在这条路上，有矛盾，有抗争，有喜悦，也有成功。他们质朴的品格和淳厚的情怀常常让我感动，他们对老腔艺术的执着追求，激励着我在创作和传承工作中不断地思考和拼搏。

十多年来，有人中途离开舞台，有人积劳成疾，也有人永远离开了我们。国家级非遗代表性传承人王振中先生已经八十多岁，离开了老腔舞台，在家传承。王老先生离开舞台，是我们这支队伍的极大损失。

如今，我带领的十一位艺人中，年龄最大的八十二岁，最小的六十四岁，平均年龄达到七十一岁，他们在舞台上很难再有更多的时间去为观众展示老腔艺术了。

从2009年开始，我们举办老腔培训班，目前已举办了四期，共有近两百名学员学习老腔，但年轻人学习老腔的依然很少。欣慰的是仍有像张建民、张香玲、杨富民、张卫东等十多名优秀的学员一直在虚心学习，不懈地努力着。他们现在也有了自己的老腔演出团，并在全国各地巡回演出，但他们都已五十多岁了。

我曾多次到中学去动员年轻的学生利用假期到培训班学习，但没有一个人来。两年前，我们和渭南师范学院达成共识，为学院培养二十六名年轻的老腔学员，让学员从大一就开始系统地学习老腔。如今他们已经较为全面地掌握了老腔的基本知识和才艺，这是让我最为欣慰的一件事。但是作为一名艺术工作者，我深深地感到很难再有人超越王振中和张喜民老师的艺术水平了。他们可是积累了大半生的丰富经验啊！他们呈现出来的艺术是多么厚重！他们总有一天要离我们远去，那时候，老腔还能像今天一样辉煌吗？每每想到这个问题，我都不禁潸然泪下。

华阴老腔能够有如此大的影响，离不开众多同人的关心和支持。著名作家陈忠实，著名导演林兆华，媒体知名人士陈爱美、焦海民、张斌，以及学者邢小俊等，长期以来对老腔艺术持续给予了关注和指导。这一切的一切我都铭记心中，并在此表示衷心感谢！

邢小俊的《华阴老腔》一书较为深刻地记录了我和老腔艺人的奋斗历程，同时也全面展示了老腔的文学价值、音乐价值和审美价值，我和全体老腔艺人深表感谢！

2019年6月20日

▼目录

第一章 老腔与两个人

濒于危境的华阴老腔，几乎是在一夜之间蓦然复苏，奇迹般地创造了传统曲艺的新辉煌。但是，很少有人知晓，华阴老腔走出传承困境的艰辛过程，以及它和大作家陈忠实先生之间的深厚渊源。

采访中，我经常想：陈忠实先生一生除过巨著《白鹿原》，引以为豪的一件事情，可能就是直接推动了老腔的传承和发展。

一、伯乐陈忠实：把华阴老腔推向世界

◆ 结缘

陈忠实先生一辈子业余爱好甚少，就是好抽卷烟，好看足球赛事，好听几句秦腔，尤其以华阴老腔为甚。他不会唱，就是喜欢听。每每听到忘情，就会哈哈大笑或是“捶胸跺脚”“咬牙切齿”。

陈忠实先生与华阴老腔是在2004年初结缘的。这一天，老腔艺人到西安为陕西省“两会”代表、委员演出，陈老师恰好在台下观看，但台上的艺人们并不知道这次邂逅及其意义。

就是这一天之后，陈忠实一边极力向外界推介着老腔，一边将更多

陈忠实先生用枣木块敲长条板凳，展示“以木击板”

精力投注在它的生存危机与传承上。据陈忠实2012年8月3日发表在《光明日报》上的文章《白鹿原上奏响一支老腔》描述：

> 2004年春节的气氛尚未散尽，一台陕西民间多剧种的演出当晚开幕，不属商业性质的演出，只供喜欢本土文化的各界人士闭门欣赏。朋友随口列举出诸如眉户戏、线腔、碗碗腔、阿宫腔、关中道情、同州梆子、老腔等多种关中地区的戏曲剧种。这些地方小戏我大都看过演出，也不甚新鲜，只有他最后说到的老腔，在我听来完全陌生。尽管他着重说老腔如何如何，我却很难产生惊诧之类的反应，这是基于一种庸常的判断：我在关中地区生活了几十年，从来没听说过老腔这个剧种，可见其影响的宽窄了。
>
> 老腔带着一人唱满堂吼的气势，带着以木击板的震撼，去唱征战和剿杀，去唱牺牲和失败，给人以苍凉悲壮之感。老腔的演出者都是普普通通的农民，他们有着一种天生的本能，那就是从苦难中提取情趣。这样富于艺术魅力的老腔，此前却从未听说过，也就缺失了老腔旋律的熏陶，设想心底如若有老腔的旋律不时响动，肯定会影响到我对关中乡村生活的感受和体味，也会影响到笔下文字的色调和质地……再看白发白眉的老汉，安静地在台角下坐着，我突然生出神秘感来。

可能就是那一次，陈忠实老师对老腔有了更深的印象……

据党安华叙述，当时的华阴老腔作为古老的戏曲表演形式，正呈现萧条之情状，与许多非遗项目一样面临着传承的困境。他正为老腔的后继无人乃至失传而揪心——老腔艺人中最大的七十八岁，最小的也已经六十一岁，传承人屈指可数，老腔呈现几近失传的濒危状态。

过去，有不少活跃在乡村的自演自乐的或紧凑或松散的老腔班社，由于现代文艺的挤压，渐渐失去了观众，面临着要么解散，要么几乎没

光明文化周末　专题　13

光明文化周末·文荟

白鹿原上奏响一支老腔

《光明日报》刊载陈忠实《白鹿原上奏响一支老腔》一文

有演出之机的困境。老腔衰微的另外一个原因是经济效益太差，演出收入低微，不仅年轻人看不上这个行当，就连过去那些颇具演唱天赋的老艺人，也因入不敷出而另寻生计去了。到了2000年前后，华阴就仅存“白毛”（王振中艺名）、喜民这两个领头的拿得出手的老腔班社了。

后来隔的时间不长，陈忠实先生成立了一个白鹿书院，开业时把老腔艺人邀请到灞桥演出，台下坐的都是些文化界名人。当天老腔艺人只演出了两个节目，但是在场的文化界名人激动得不得了，都喊着：“再来一个！”后来盛情难却，老腔艺人把演出过的那两个节目再演了一遍。好多文化名流都和艺人们合影，有些还要艺人们给他们签名。著名作曲家赵季平、张千一，著名导演林兆华，看了老腔后都赞叹不已。当时给党安华印象最深的是，省上著名书法家吴三大，观看的时候一直在声嘶力竭地喊：“美得很！美得很！”著名作家张贤亮激动地说：“这是生命的呐喊和挣扎，你们让我看到了我多年都没有这样激动过的节目。”

在那次邂逅的两个月后，陕西省发改委到华阴做民间文化调研，一行人向当地文化部门提出要看老腔。带队的一位领导说：“陈忠实老师推荐说，华阴有个好东西，那就是华阴老腔，这次我们一定要看看。”

当地文化部门一听这才急了，赶忙调请来老腔班社，七八位年过花甲的艺人被派去的车拉到市府大院，就在大院里一开阔处临时搭台，石破天惊般扯开了嗓子。

听着那一声声狂野不羁的呐喊，看着台上一位位老艺人饱经沧桑的容颜，调研组一行人感动得几乎要落泪。

这次调研后，华阴老腔声名远播，之后又被邀请前往西安音乐学院演出，第一次登上了大雅之堂。

◆ 命运逆转

华阴老腔能走出困境并得以良性传承，陈忠实先生不遗余力地推介功不可没。

华阴老腔生死存亡至关重要的一个节点在2005年——陈忠实把华阴老腔推荐给话剧《白鹿原》导演林兆华。一经在舞台亮相，濒临失传的老腔的命运发生了“逆转”。如果没有陈忠实先生的强力推介，老腔也许至今还在濒危的境地盘桓。

那是2005年10月，小说《白鹿原》被改编为同名话剧时，北京人艺话剧《白鹿原》主创人员来陕西采风。后来，在话剧《白鹿原》筹备阶段，编剧孟冰要用老腔创作一段作为主题曲的唱词，电话嘱托陈忠实先生提供关中民间歌谣。陈忠实先生几乎本能地想到几句流传甚广的既能唱也能顺口溜出的词儿来：

他大舅他二舅都是他舅
高桌子低板凳都是木头
走一步退两步权当没走
前奔颅后马勺都有骨头
金疙瘩银疙瘩还嫌不够
天在上地在下你娃甭牛
太阳圆月亮弯都在天上
男人笑女人哭都在炕上
男人下了原女人做了饭
男人下了种女人生了产
男人下了原女人做了饭
男人下了种女人生了产

话剧《白鹿原》主题曲由老腔艺人唱响

娃娃一片片都在原上转
娃娃一片片都在原上转
……

这几句出自老腔的唱词，饱含着生长在乡野的原始冲动，一下子打动了孟冰，他感受到这样朴实的大实话只有在关中这块苍茫的土地上才会产生。之后，导演林兆华托陈忠实找几个唱秦腔的民间艺人参与演出。

这时，陈忠实突然记起他看过的一场老腔演出很“带劲”，就又找了“白毛”等老腔艺人。老腔艺人一开口，林兆华“眼睛都直了”，当场拍板邀请“白毛”等老腔艺人参与话剧《白鹿原》的演出。

于是，话剧《白鹿原》的主题曲由“白毛”老汉他们唱响了，唱词《太阳圆月亮弯都在天上》成了老腔经典唱词，成了老腔后来演出时被点得最多的唱段。

再后来，导演林兆华和党安华深入合作，在话剧《白鹿原》中借“老腔辅助故事的叙述”，从而为改革后的老腔走向全国、走出国门提供了一个重要契机。话剧《白鹿原》在全国演出，使得老腔在全国声名远播，后来，不少电视节目和戏曲都因融入老腔而备受观众喜爱。

◆ 观看演出，先生悄悄落泪

话剧《白鹿原》演出半个多月后，观众对剧中插演的老腔和秦腔唱段反响强烈，因为剧中的插演主要为着烘托剧情的气氛，有的插演仅仅唱一两句，观众觉得不过瘾。

在中山音乐堂的演出，可谓别开生面

2006年6月，陈忠实去北京人艺。陈忠实见到濮存昕后，与老腔艺人们一起商量，想利用话剧休演的某个晚上，搞一场老腔和秦腔的专场演出“老腔·秦腔·《白鹿原》原生态作品音乐会”，让那些专业人员和倾心的观众一饱眼福和耳福……在陈忠实、党安华及各方的努力下，这场音乐会终于变成现实。

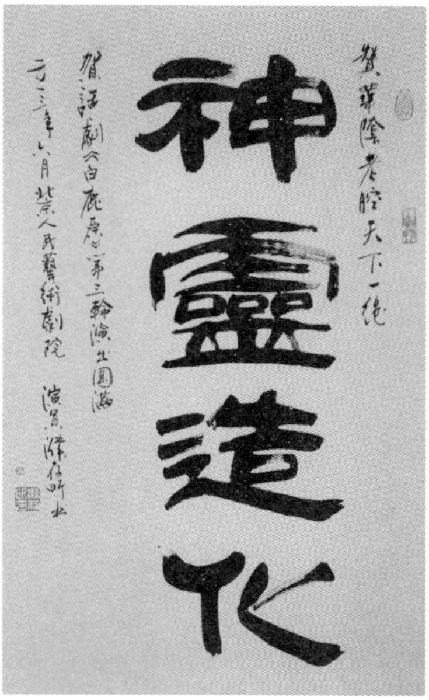

濮存昕赞老腔“神灵造化”

那晚在中山音乐堂的演出，可谓别开生面。濮存昕优雅自如地担当节目主持人，郑重而又幽默。在表演高潮时，他竟然上了台，模仿艺人张四季的动作，用枣木块狠狠砸起凳子，引起台下一片叫好。观众强烈地感受到这位艺术家对来自民间的艺人的敬重之情。

当晚，主持人濮存昕向观众介绍《白鹿原》作者陈忠实先生就在台下时，观众的目光随主持人手指的方向聚焦，可是大家并没有看到陈忠实先生。

演出结束后，党安华问陈老师演出时到哪里去了，陈老师说：“刚才艺人们演得好，我感动得不停地流泪，坐在前排怕被媒体看到了不好，哪像个陕西汉子！我悄悄地跑到二楼看演出去了。”

◆ 陈忠实与老腔艺人的情谊

十几年来，华阴老腔艺人和北京人艺话剧《白鹿原》的演员经常一起排练，党安华等人便与陈忠实有了更密切的接触，年龄相仿的张喜民与陈忠实，已是莫逆之交。

陈忠实多次赴华阴看望老腔艺人

张喜民说："2005 年 6 月在西安为北京人艺《白鹿原》创作组人员演出，第一次见到陈忠实老师，看他穿的是农民衣服，说的是农民话，感觉他和老腔的关系特密切。后来，陈忠实老师来双泉村采风，他说：'你们唱这老腔，真正是把先人的东西继承下来了。'"

此后的日子里，陈忠实还两次专程前往华阴看望老腔艺人并对老腔的推广和传承提出了很多宝贵意见。对于一些文化现象，陈忠实对老腔提出了真诚的警示："原生态艺术不要受外界污染，要保持老腔文化艺术的纯洁性和纯真性。不要跟风，不要把老先人留下的东西弄得变形变味。"

张喜民是张家子弟中演唱声名最大的一个。陈忠实老师对他的印象是："朴素，是个老实人，没有拐弯抹角，很亲近，好像一个村里的人。"

张喜民说："一次在我家吃饭时，陈忠实老师曾经风趣地说：'我知道我老婆蒸的馍好，谁知道喜民老婆蒸的馍更好。'走时，我特意给陈老师带了几个农家馍和一袋农家面粉。”

老腔艺人张转民、张拾民和张喜民是三兄弟，十几年来在全国屡获大奖，在老腔艺术保护、创新方面都做出了突出贡献。张转民回忆第一次见到陈老师的情形：“从相貌看，就是一个忠厚、善良、有文化的人，他和群众能打成一片。他为人低调，胸藏丘壑而不露。说话很慢，好像不善言谈，语言少。耿直，说话直截了当。陈老师来双泉村采风时，很关心老腔的发展，问我们观众多不多、外出演出情况、我们感觉演得咋样。经过多年交往，我感到陈老师是一个了不起的人，平易近人的人，没有架子的人……”

党安华说：“他几乎每次都要叮咛，让老艺人们保重身体。”

还有一些感人的事：老腔唱词有陈老师写的，获奖后，老腔艺人要给陈老师一些版权费，陈老师怎么也不肯收。有一家公司出光碟，向陈老师征求对于版权费的意见。他说：“你把这钱给老腔艺人‘白毛’吧，我分文不收！”

◆ 先生与老腔的气质契合

除过先生与华阴老腔的缘分以及与老腔艺人的深厚情谊，先生的性格、骨气与华阴老腔到底有什么渊源呢？为何陈忠实先生每每听到忘情时，就会“捶胸跺脚”“咬牙切齿”？

陈忠实先生为老腔题字

华阴老腔，它神奇、奥妙，也亲近、通俗。特别是老腔的听觉刺激，使得在审美上可能与现代观众产生心灵上的共鸣，从而产生超地域、超时限、超民族的艺术魅力。陈忠实曾赞誉老腔为“蕴藏于关中大地深层的诗质”。

华阴老腔吼起来字正腔圆，音乐形象顶天立地，是豁达豪放、爱憎分明、撼天动地的艺术，这正同先生堂堂正正的品格一样。

先生的文字中，多见金石有声、慷慨悲歌之士。先生作品里充满慷慨激昂的旋律和吃钢咬铁的气势，仿佛老腔永远都是他作品中贯穿的背景音乐。

他的一贯的文艺思想与创作态度，他的人生观与价值取向，他的不见风使舵、不趋炎媚俗的品格，代表了一种正确的价值方向和中国人渴望补充精神钙质的强烈愿望。

先生说起话来，总是是非分明、斩钉截铁，绝不含糊其词、阳奉阴违。言谈话语不藏情，喜怒哀乐溢于表，地道的老腔道白，梆子爽朗，掷地铿锵。

先生满脸沟壑，可他胸藏丘壑；先生一身布衣，可他大气磅礴。他为陕西文学艺术的繁荣发展呕心沥血，他以自身的文学创作高度和人格高度，塑造了一座高峰。

在这些深层的气质上，陈忠实与老腔艺人，陈忠实与《白鹿原》，华阴老腔与陈忠实，华阴老腔与《白鹿原》，都是深度契合的！

◆ 老腔走出困境

自参与话剧《白鹿原》演出结束到当年年末，华阴老腔的好事出人意料地接踵而来：

2006年，华阴老腔被列入首批国家级非物质文化遗产名录。

2007年，华阴老腔第一次登上了中央电视台“千秋华宴——2007年春节戏曲晚会”的舞台，同时又受邀参加中国文联于人民大会堂举办的

华阴老腔首次登上中央电视台“千秋华宴——2007年春节戏曲晚会”的舞台

“百花迎春”春节联欢晚会的现场演出。紧随其后，又赴上海、成都、深圳、武汉、苏州、香港、台湾等地演出；著名歌手任贤齐赶到华阴跟“白毛”老汉等人学唱老腔；韩国国家电视台来到华阴双泉村，不惜费时一周拍摄老腔艺术专题片；在文化部的安排下，老腔艺人先后到日本、德国、美国献演。

2008年，王振忠、张喜民被文化部授予“国家级非物质文化遗产项目皮影戏（华阴老腔）代表性传承人”称号。

2012年，有意识地使用华阴老腔元素的电影《白鹿原》在全国热映，再次强力地宣传了老腔。

2014年，华阴老腔再度登上《新闻联播》。

2015年12月5日，东方卫视《中国之星》节目中，谭维维《给你一点颜色》，把传统曲艺和摇滚乐结合，以“混搭”的表演形式将老腔呈现在观众面前。发源于西方的摇滚乐，根植于黄土高坡的大汉豪歌，这是

濒临危境的华阴老腔由陕西走向全国

两种看起来没有任何关联的艺术形式的完美融合、跨界，给正走出困境的华阴老腔再加了一把力，亦算是传统戏曲剧种推广和保护的一次成功尝试……

2016年2月7日晚，在中央电视台春节联欢晚会上，谭维维演绎《华阴老腔一声喊》，老腔与现代摇滚完美地融合，让观众感受到了“黄土与摇滚、弦乐与电声的碰撞”。

先有话剧《白鹿原》与老腔的成功融合，将濒临危境的老腔由陕西推向了北京，北京观众接受了老腔；后有新闻媒体和政府的不断推广，老腔走向了全国……

我们看到，十多年来，老腔与各种艺术形式进行了多样的融合。同时，在拯救、保护、弘扬老腔方面，各级政府和文化管理部门以及民间采取了十分有效的推动措施。加之媒体各种新闻形态的推介宣传，终于形成了一股庞大的合力，使得国家级“非遗”项目——华阴老腔呈现出前所未有的辉煌，由此走向世界！老腔现象引起了社会对更多非物质文化遗产和传承人的关注，也为其他濒危状态的传统曲艺的传承提供了可贵的启示。

对此，有人比喻“是一把把钥匙合起来，打开了一把生锈的锁”。而第一个持钥之人，是陈忠实。

◆ 十一位艺人用“哭腔哀声”送先生

白鹿原上的樱桃红了，那位用一生书写《白鹿原》的先生却走了……

2016年4月29日上午7点45分，晨光刚刚唤醒这座古老的城市，中国文坛著名作家陈忠实先生，却走完了七十四载人生路，在西安溘然长逝。先生驾鹤西去，消息传开，满目哀伤，牵动整个社会的神经。

“听到陈忠实老师去世的消息，就像头顶响了个炸雷，这么好的老汉，咋说走就走了！当时，我们正在北京准备演出，演出结束后，

十一位艺人用“哭腔哀声”送先生

急忙赶回来送陈老师。”5月4日这天，老腔艺人凌晨就起了床，收拾好东西，提着表演要用的凳子等道具，到华阴市与吊唁的队伍会合，从一百二十公里之外的华阴赶赴西安，华阴老腔艺术家们要“吼一声”为先生送行。

祭奠现场在建国路陕西省作家协会大院以及复聪路高教公寓两处。这一天，从早上8点到晚上8点，吊唁的人络绎不绝，一批又一批的市民、读者自发赶到设在原高桂滋公馆现陕西省作家协会的追思堂，以各种方式哀悼这位文坛巨星的陨落。追思堂前，摆放着社会各界以及普通老百姓送的花圈、挽联、挽幛。当天，人们的微信朋友圈和网络上几乎都是有关先生的各种回忆、悼念文章，诗篇、图片及现场祭奠的消息刷屏。

上午10点，华阴老腔十一位艺人风尘仆仆地赶到设在陕西省作协大院的追思堂前，用“哭腔哀声”，吼唱《白鹿原》片头、片尾曲，用苍凉、悲壮、凄婉的远古之音、雄沉之气，深切悼念这位推动华阴老腔走向世界的大作家。

这独特的表达敬意、悼念恩人的方式，其苍凉悲壮的气氛感染了在场的所有人，人们不禁潸然泪下……

先生的离去也给老艺人们心里带来了难以言说的空旷与寂寥。“面对吊唁人群演唱时，我害怕唱不下去，但还是坚持了下来。我们早早起了床，就往西安赶……”唱完那一瞬间，老腔传承人张喜民再也控制不住自己的情绪，泪水喷涌而出。他悲戚地说：“对于老腔来说，一个恩人和老师先走了。二十天来，心里一直不美，很难受。”

艺人张拾民说：“陈老师对老腔贡献很大，他的离世，我们失去了一个大文豪，也失去了老腔的一个伯乐。吊唁时，我们人人都眼含热泪，很伤感。他留下的宝贵遗产不止《白鹿原》这部作品，他的为人处

张喜民：对于老腔来说，一个恩人和老师先走了

世，对工作认真负责的精神；对有求于他的人，从来不收钱财，他从不爱钱，爱的是贡献。这些都发人深思。”

此后的5月21日，一大早就在西安音乐厅录制节目的党安华，在送走先生已半个月的这个清晨，谈起先生，言辞间仍难掩悲痛。

他说：“对老腔来说，把一个恩人和导师失去了。”

从先生一生来看，他本身就是一台高亢激越的老腔大戏，如今唱到高潮，戛然而止。

先生的离世给社会带来了巨大的震动，不仅仅是因为他的作品具有艺术高度，更因为他的文学思想与精神风范代表着社会正义和人们的期望。

二、幕后推手党安华：剥离老腔与皮影

◆ 影子的命运

华阴老腔的表演空间叫“灯影台子”，白色幕布叫“亮子”，幕布背后的皮影叫“影子”。

自唐代始，老腔都是和皮影戏结合的，老腔一直是皮影戏的幕后配音，它们构成了互为载体的封闭式演出。对于艺人，观众“不见其人只闻其声”。人们观看老腔皮影，看到的是白幕上的几个影子，表演者在帷幕后被遮得严严实实，观众甚至看不到他们的一条腿。

演出时，艺人们都要一人多能、多才多艺，操持众多的乐器，变换着各种演出场景，与剧中人物同呼吸、共命运，倾注情感，声情并茂，但精湛的表演才艺被白幕挡住，观众只能从听觉上去欣赏，难以产生视觉上的完美冲击。

改变，要从一个叫党安华的人说起。现在党安华是华阴老腔艺术团团长。2001年，他的身份是华阴市文化馆的馆员、地方戏导演。这一年里，一个偶然的创意使得老腔演唱从皮影中剥离出来，演员阵容和乐器增加了，演出方式变了。党安华就是促成这一改革的关键人物。

那是一个不经意的发现——2001年秋天的一个晚上，党安华和一个朋友去王河村看张喜民的老腔皮影戏班唱戏。当时已经快深夜了，台上皮影戏仍然“短兵相接”，演得热热闹闹，可台下却冷冷清清，只有四个人看得无精打采。党安华感到有些心酸。由于皮影戏是封闭式表演，艺人们都在幕布的后面，他们其实看不到有多少观众，所以表现的都是最真实纯朴的演出，没有一点杂念。党安华好奇地掀起了帷幕，这一掀，让党安华“惊呆”了——张喜民怀抱月琴，仰头高歌的样子，他十多年未忘。

自唐代始，老腔都是和皮影结合在一起的

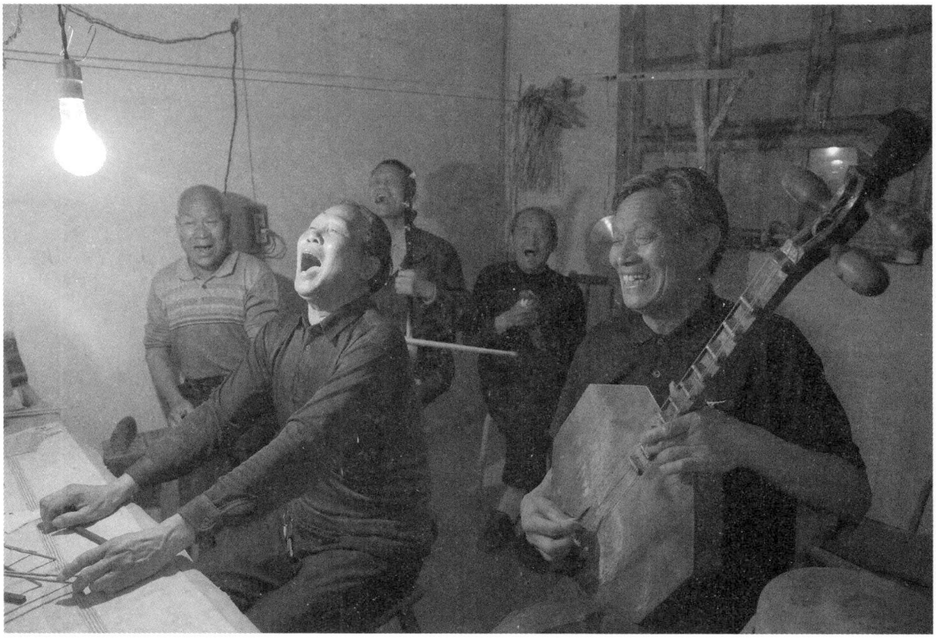

老腔一直是皮影戏的幕后配音，封闭式演出

“后面的东西真是太精彩了！看皮影戏的时候单是听他们的演奏，感受不到那种激情和冲击。艺人们从血脉里迸发出的激情，让我一下子看到了表演的最高境界。把老腔皮影从封闭式的艺术表演形式改为开放式的表演形式，把展示皮影技巧改为弘扬人性真、善、美的舞台表演艺术，使我下决心对老腔皮影戏传统艺术进行探索和创新……”党安华如是说。

金子是宝贝，但埋在地下就难以发出光芒！学导演出身的党安华意识到：与其把皮影戏呈现给观众，不如把最原生态的东西直接呈现给观众！

当时正赶上党安华在文化馆里评职称，需要拿出一部能参赛获奖的节目来。看到这些皮影戏艺人，党安华如获至宝。皮影戏艺人带头的是张喜民，皮影戏在他家族中世代相传已经有好几代了。平日里他们和村里的农民一样，种地、收麦、打粮，遇到哪家有红事白事，就搬出戏箱子，组上一支队伍去人家里演皮影戏，往往一演就到半夜。在他们世代沿袭的演出中，皮影人物是台前的主角，艺人们或弹琴，或拉胡，或唱曲，都是隐在幕后，只闻其声不见其人。所谓的老腔，只是皮影戏的伴唱和伴奏。

党安华对皮影戏不感兴趣，他感兴趣的是被隐在幕后的这帮真性情的艺人。

几天之后，党安华骑摩托车到距离华阴市区十公里外的双泉村，造访张喜民。张喜民召集了一些老腔艺人，与党安华展开辩论。党安华研究过老腔和皮影的历史，现在试图来说服他们，先有老腔，后有皮影，因此他主张新的表演形式，其实就是让老腔“回归到最初的状态”。尽管处境不妙，但传统技艺仍旧矜持地抗拒着。

党安华对张喜民他们建议：能不能不演皮影戏，只唱老腔，把老腔唱到台前来？张喜民一听就直摇头，说老祖宗可没这么干过。

后来，党安华就问张喜民平常唱一天皮影能赚多少钱，张答：“二十元。”党安华一拍大腿说：“那我就一天给你们二十元，还管一顿午饭，你们来陪我玩，行不？”

老腔与皮影的剥离，要从党安华说起

张喜民同意试试。当时张喜民的皮影班社只有五个人，党安华就从村里又找了两个班社，挑了十二三人组成了一支老腔表演队伍。党安华虽是本地的“土导演”，但在上海戏剧学院上过进修班，懂得不少戏剧调度和演出编排，他选了华阴最有名的民间传说《劈山救母》，为老腔艺人们打造了一台剧目，搬上华阴市的剧院舞台演出。

“直接把生活还原在舞台上。”党安华对老腔艺人说，“当你想发泄的时候，不管你做出什么样的动作，只要是发自内心的，都是最美的，敞开怀把北方人的那种豪放豁达体现出来。”自此，老腔艺人正式走到台前。

“第一次演出并不成功，但算是让老腔上了大舞台了。”党安华说。遭遇挫折后的党安华有些灰心，南下去电视台帮朋友打工一年，这期间他始终没放弃改造老腔的想法，“在那一年我琢磨明白了，老腔的

谁也没想到，没了皮影的老腔，反倒火了

音乐我没有摸透，老腔的音乐没法塑造人物。”

当时华阴的一位作家路树军也来看了，安慰党安华说不要着急，老腔的好以后就能看出来了。后来路树军果然与老腔有了合作，他撰写的《关中古歌》被老腔拿去编入曲目后大放异彩，谭维维与老腔在《中国之星》节目中的演出就是由此而来。

2003年回到华阴以后，党安华又把老腔艺人召集到一起，编排了一个叫《古韵乡趣》的节目。他在这个节目中增加了戏剧性的唱词和表演，让老腔不仅仅是一种演奏，更像是一台小话剧，中间添加了不少诙谐幽默的段落。这个节目去参加渭南市文艺会演，让评委们一下觉得十分另类，不仅获了奖，还受到了一些媒体的关注。

谁也没有想到，没了皮影的老腔，反倒火了！

◆ 神来之笔

2004年，排演《取中山》时，党安华为老腔的表演加入了砸板凳的桥段。据党安华讲述，有一次他与老腔艺人张四季在排练场内一言不合，发生口角，张四季气得把板凳一摔：“不排了！”党安华也在气头上，狠狠踹了一脚板凳，蹲在屋外抽烟。

大家自然是好一番劝说，陕西人性子直，一顿烟后气也消了大半。党安华忽然觉得，那一脚踹得特别带劲，待到重新开排时，他就吩咐张四季，当演出到“拉坡”最高的时候，就把凳子举高冲到最前面，狠狠摔在地上，然后用枣木块去砸。

这枣木块，原本是老腔艺人在演皮影时的一种拟声道具。皮影戏里多武戏，遇到两军交战短兵相接，艺人们就会用枣木块砸木板来模拟激烈的战况。

张四季没见过这么演的，推说自己不会。党安华就拿起枣木块给他示范，还半开玩笑地说：“你是不是特恨我？你就把那板凳当作我，把党安华的脑浆砸出来最好！”

从此以后，砸板凳成了华阴老腔最标志性的桥段。原来坐在地上用木块击打木块的表演，换成了用木块击打农家常用的长条木凳子。经常是老腔艺人去某地演出，还没开唱，台下的观众就起哄：“砸个板凳！”

多年后，中央电视台的一个记者问党安华：老腔表演中有个著名桥段“砸凳子”，这条板凳为什么会让观众给出如此强烈的掌声，给观众留下如此深的印象？

党安华在排练老腔

原来坐在地上用木块击打木块的表演，换成了用木块击打农家常用的长条木凳

党安华不知道怎么突然冒出来一句“经典”的回答，他说：“当代现实社会中，每一个人心中都有要砸的东西，砸一砸板凳就砸碎了心中的愤懑和块垒。”

随着党安华对皮影老腔的改革，华阴老腔也创新地配置了许多“独门乐器”，老腔艺人手中的乐器也更独具特色，比如自家的板凳、自制的琴弦。这些独特的乐器，老腔艺人走到哪里带到哪里，从2002年就开始跟着他们全世界各地跑。

除了板凳，那块枣木块也成了华阴老腔独特的乐器。在演出中，一人突然站起来，一手持枣木块，一手持长板凳，用枣木块猛烈敲击板凳，发出节奏鲜明、古朴清脆的“巨响”，给观众强烈的视觉和听觉冲击，再和着“嗨嗨嗨”几声吼，感染力极强，让观众惊叹不已。

此时，老腔也只是在陕西省内有了些名气，让老腔真正走向全国的，则是2005年林兆华导演的北京人艺话剧《白鹿原》。

◆ 借话剧《白鹿原》走向全国

2005年，林兆华在关中农村采风时，在陈忠实推介下听到了冷倔苍然、粗犷豪迈又荡气回肠的华阴老腔，便找到党安华。

一个夏天的下午，接到市文化局[①]通知，说陕西省文化厅叫老腔艺人去西安演出。当时，政府组织的演出多是没有酬劳的，党安华开始有些不情愿，后来还是到村里召集队伍。老腔艺人平日里就是农民，没有严格的管理，临时去召集人手难免不齐全。当党安华带着艺人们来到演出地，一位领导迎上来就对他说：“咋这时候才来，你知道谁来了？林兆华！濮存昕！”艺人们只听说过濮存昕，不认识林兆华，但学过戏剧的

① 因机构名称几经更改，本书统一使用该简称。

2005年，林兆华在陈忠实推荐下认识了党安华

党安华一下激动起来——林兆华可也是大腕！当时离正式演出还有一会儿时间，党安华赶紧派人去买馒头和水："没时间吃饭了，咱们赶紧排练，把那缺的几个人的角色补上！"艺人们笑了，说演了这么多场，没见他这么较真过。党安华摆摆手，说："你不懂，这里有个林兆华。"

大导演林兆华为了排演话剧《白鹿原》，一直想从陕西民间剧种中找寻能与话剧结合的元素。在陈忠实的介绍和当地文化部门的帮助下，当天晚上他邀请了好几个地方剧种的演员来演出。先请的是秦腔戏演员。当时党安华在旁边仔细观察林兆华的反应，他看到林兆华对那种程式化的戏曲并没有多大的兴趣，看了一半就起身到屋里转悠去了。

等到老腔上场，嗓门一开，就把所有人吸引住了。演完之后，林兆

老腔的这种舞台表现艺术，得到了林兆华的青睐

华连忙问这节目是谁排的。党安华被叫了过去。林兆华说：“你能不能把这个节目再演一遍？”

“又演了一遍，林导把我叫到一边说，你想不想和我合作一把？”党安华回忆道。当时他做梦都不敢想，一个大导演会来跟自己合作。

此后一天深夜，林兆华给党安华打来电话，要求他在研读《白鹿原》原著的基础上，在浩繁的老腔剧本中找出能把《白鹿原》故事情节在舞台上串联起来的九段老腔唱词，用来“辅助白鹿原故事的叙述”。党安华与老腔艺人们费尽周折，终于排出九段唱腔，耗时两个多月，九

段加起来总共五十七分钟。

排好了以后，党安华忐忑不安地给林老师打电话，林老师正在北京排话剧，他让编剧孟冰飞往西安审核。当时艺人们在西安演出，就借陕西省人民艺术剧院的排练场把这九段老腔给编剧孟冰老师和搞舞美的老师表演了一番，当时孟冰看完了以后激动得一脚把排练场那个茶几给踏断了。他激动地说："这不是艺术，这是一种精神！太棒了！太棒了！我相信林兆华老师绝对会感动，绝对被震撼！"

不久后，华阴老腔借助话剧《白鹿原》走向全国，在北京公演时即大获成功。首场演出中间休息十五分钟时，林兆华把党安华拉过去："走，跟我到大厅去，听听观众的反响。"观众群情激昂，好评如潮。

一次大的转折，就是从这偶然开始的。这一种带着浓浓陕西特色的

老腔艺人上场，嗓门一开，就把所有人吸引住了

艺术形式被引入话剧《白鹿原》，后来在全国火爆演出一百场。

此后，老腔艺人面对的，不再只是和他们一样勤劳纯朴的黄土高原上的百姓，还有都市中举止优雅的所谓文艺精英们。老腔艺人在国家大剧院演出，也到上海音乐厅与西班牙艺人同台竞技。他们还曾到我国香港、台湾等地演出，甚至还出国到日本、美国等地演出。他们展现出一个真实的黄土高原，让观众为之感动。虽然语言不通，但外国观众还是一次次将掌声和欢呼声送给这些陕西的农民艺人，送给让他们迷醉的那老腔一声吼。

从“只闻其声不见其人”到“既见其人也闻其声”，老腔，一种原来并不广为人知的艺术形式，正打破闭关自守的格局，以势不可当的势头，进入了大众视野，并奇迹般地创造了传统曲艺在演艺圈里的新辉煌。

◆ 备受争议

老腔的“幕后推手”党安华，因为把老腔从皮影戏中剥离出来并且做出一系列改革创新，备受各界争议，面临不小压力。

和老腔艺人一起走过十多年风雨的党安华认为：老腔之所以打动人，是因为它是原生态的东西，把农民的憨厚朴实、艰辛豁达都原封不动地展现了出来。它最大的魅力就是真实，不矫揉造作。

那么把老腔从皮影戏中剥离出来是不是变味了？坚守与传承是否水火不容？

“幕后推手”党安华做出的一系列改革创新，备受争议，面临不小压力

一次在美国演出老腔时，台下一位学生提问：皮影戏有两千多年的历史，老腔才二十多年，老腔是对传统皮影戏的背叛吗？

党安华回答说：皮影戏的历史渊源久远，但是随着社会的发展，这种表现形式已经吸引不了更多的观众了，老腔是对传统艺术的一次创新，创新必定有一些突破和尝试。

“整得我也挺头痛。”党安华一直在反思，把老腔从皮影戏中剥离出来，是不是最好的传承？该往前迈，还是不该迈？周围人都在鼓励他，不往前迈就是死亡。而地方戏专家和学者们却在告诫他，别让老腔变了味。

党安华的改革最初曾遭到全体老腔艺人的反对，时间过去了十六年之久，老腔艺人团队中最重要的三个人物对此仍持有不同看法：

“白毛”王振中说：“没有了皮影，许多东西展示不出来了。传承时应该教两拨人、两套戏。要保留皮影，先学皮影，皮影是根本。”

张喜民说：“老腔追求的‘慷慨激昂’只是老腔皮影艺术的一部分，缠绵细腻没有了，原汁原味没有了……”

张四季说：“老腔皮影里有生旦净丑，有故事有情节有表演，剥离出来后，老腔算有名气了，但是表演的只是唱。”

党安华始终认为：尽管和皮影戏剥离开来，但它的风格一直没有被破坏。

对于艺人们的各执一词，专家屈健的观点却是：传承与创新是艺术发展的两个方面，缺一不可。纵观中外艺术史，没有一成不变的艺术形式。民间艺术更以其灵活多变、自由自在，以及多元化、平民化的特质，体现出了对新生事物更具开放性的吸纳与接受的能力。党安华让老腔从皮影戏中剥离出来，之后谭维维以华阴老腔与摇滚融合的尝试，大

随着华阴老腔被推到前台，老腔艺人抓住了现代人的审美需求，承接的外地演出越来越多

华阴老腔的红火，为其他传统曲艺的传承提供了可贵的启示

受观众追捧，即是成功例证。从长远来看，党安华是华阴老腔传承的功臣。党安华的这种尝试和创新挽救了老腔，经过变革后的老腔开始引起外界关注。是他，一念之间，给华阴老腔带来天壤之别；是他，带领黄土高坡上的一群农民，将一个濒临灭绝的唱腔带出困境，走向复兴，走向辉煌……

“当年干那个事做啥呢，坐办公室多舒服。”一手将老腔由幕后推到前台的他，时常有这样的感慨。备受争议的党安华，心中时时感到有压力，但是他更多的是感到欣慰：“老腔使我走向了艺术创作的一个新高度，也让我的心灵获得了抚慰。”

随着老腔被推到前台，老腔艺人抓住了现代人的审美需求，赋予了老腔更多的时代气息，承接的外地演出越来越多，华阴老腔闯出了一条路子。华阴老腔团队每年外出表演一百余场。党安华身兼数职，既当导演，又管创作、舞美、现场调度；既要照顾老艺人，又要应付各种推广和接待活动。“谈钱脸红”的他，还要硬着头皮跟商人们坐下聊投资。

“多挣钱是好事。”党安华安慰自己。每次带团出去演出，党安华都拎上个开水壶，走到哪儿烧到哪儿。“风风雨雨这么多年，在一块儿摸爬滚打，情感上丢不开这十一个人。”

目前全国地方稀有剧种的生存现状普遍堪忧，对其进行保护与传承是当务之急。除了政府扶持，还有一些地方电视台的戏曲栏目致力于推介濒危剧种、稀有剧种、国家级或省级非遗剧种等，遗憾的是影响力都甚弱，甚至不如一档真人秀节目。

华阴老腔的红火，探索出了一条发展的路子——传统风格与现代审美高度契合，能在舞台上产生奇妙的“化学反应”，没有变质变味，只有对传统艺术的敬畏与尊重。这是吸引和获得观众认可的最重要因素，也为其他处于濒危状态的传统曲艺的传承提供了可贵的启示。

精彩老腔视频，请扫码观看

第二章 老腔之源

一曲土风传四海，几声古调誉三江，双泉乃发祥。

一方水土养一方戏，一方戏体现一方人精神世界的复杂样貌。任何一个地方剧种的产生和发展都离不开其独特的自然文化，老腔主要以皮影为演出载体，自然也离不开其独特的自然文化空间：

一是地处秦晋豫三省要冲，华山、潼关、黄河近在咫尺。二是位于风调雨顺、粮食富庶的八百里秦川的东部。三是西通周秦汉唐的京都之地长安，东开中原门户。四是距古潼关咫尺之遥，既是古代兵家必争之地，又是商贾流民汇集之所。在这里，峻拔雄奇的华山，波涛如怒的黄河，血雨腥风的兵战……这样的一种自然文化空间，它所孕育出来的定然是粗犷豪放、高亢奋昂、铿锵激越的声腔。

可以说，没有独特的自然文化环境，就没有老腔皮影。

一、走进双泉村

从西安市驱车向东，约莫一个半小时就能到达西岳华山脚下的华阴市。双泉村本是连霍高速旁的一个普通村庄，如果没有导航软件，双泉村并不好找。

经过一段八公里的县道，路边的一幅大广告牌上写着“华阴老腔发源地”的大字，标明了双泉村的入口。自从华阴老腔走红之后，这里不再平静，广告牌上的老腔艺人们挥舞着手中的乐器，笑容绽放。然而就在旁边，由政府所立的界碑提示着路人，这仍是一个需要帮扶的贫困村。

双泉村不大，村子面北，南面为一片坡地，远处是山，山后面还有山，秦岭山脉的分支在此绵延。坡地上面的花椒地，此时正弥漫着浓郁的花椒香味，不少农户提着篮子，在一棵棵树上采摘。通往坡地唯一的

双泉村是连霍高速旁的一个普通村庄

一条土路的入口处，竖着一块石碑，上写“京师仓遗址”字样。问它的来历，村民会告诉你，这里曾经是西汉粮仓的所在地。粮仓在西边，东边则是驯马场，表明这里曾经是驻军重镇。现今，这里还有古城墙和古粮仓的遗址。这些遗迹的发现，源于20世纪70年代的一次考古，考古工作队正是在这个村后面这片坡地的土塬上，发掘出了一些汉代瓦当，有些印着“华仓”字样。而华仓，就是“西汉京师仓”的同义词。

“老腔”“华仓”，共同诉说着双泉村悠久的历史，也多少能还原出这么多的“老腔世家”在此产生的原因。

秦汉以前，华阴东北地带，列国接壤，城埠相望，秦、魏、晋诸国修筑的阴晋城、秦宁城和魏长城遗址至今犹在，今天的双泉村西临魏长城、东界三秦门户的古战场潼关，古时是战争的频发地区。西汉京师粮仓的建成和关中漕运的开通，历史性地确立了这一地区的军需民生地位。为了保障安全，这里常有重兵把守。这些驻军有守护的职能，但也有自己的军旅文化生活。他们在卫戍之余，有时会布阵组队、挥戈习武，有时会扬鞭策马，比射争标，在活动中总会鸣锣吹号、呐喊助威。在节日中，也会有文娱表演，载歌载舞。码头上有一群船工，每到曳船时，总有一人起头喊号子，众人紧跟着齐喊用力，另有一人用块木头有节奏地击打船板。后来，这号子便成为一种号召，起头喊号子的人演变为主唱，跟着一起喊的众人演变为帮腔满台吼，木块击板也成了乐器。于是，黄河岸边诞生了老腔，之后又演变成戏，有了唱腔，而老腔“声腔”与“皮影”的结合，也就形成了“老腔皮影”这种以皮影为载体的地方剧种。

后来因为政治、经济、文化中心的转移，老腔皮影由于特定的声腔所限，发展和生存受到影响。也正因为它处于这个属于自己的独特空间，老腔皮影成为这里人们节庆祭祀、婚丧嫁娶必不可少的一种生活作

那时的老腔是和皮影一起演出的，叫“老腔皮影”

料，在华山脚下代代相传，经久不衰。

那时的老腔，通常与皮影一起演出，成为在当地盛极一时的老腔皮影。而当时双泉村的张氏家族，就成为这一剧种的传承者。历史上，老腔一直为村子里张姓的家戏，民国时期才流传到外姓。20世纪50年代，因三门峡水库移民，老腔流传到更西北的宁夏。

华阴老腔是双泉村张家世代相传的独门技艺，不外传，传男不传女，演出范畴也只限于邻近的几个村。出了这片村落，即便是陕西人也极少有人知道华阴老腔的名字。

当时村子里几乎“人人都会唱几句”。一唱起来就会有人扎堆儿。夏天晚上没事的时候，几个人凑在一起，谁要起哄说整上一段，就会有人唱上那么几句。

那时乡村文化匮乏，看戏的人很多。有的人甚至要跑几十里路跟着看。有时一本戏唱完，台下的人还要求多唱几个折子戏。艺人张四季为此还得到过几包烟的奖励。他每唱上一段，就会有人给他买包烟。

曾有采风者到华阴一个村里的戏班子座谈。聊着聊着，大家就抄起乐器，唱了起来。正热闹时，一个婆姨推门进来，推搡了一下自己的男人："该去吃饭了。"男人二话没说，放下手中的二胡就走。他刚放下，旁边一个人就抄起二胡，接着拉。

不一会儿，这个男人端着一个大碗回来。他呼啦呼啦地将饭灌进肚里，把碗往桌子上一放，用衣袖一抹嘴，说了句"走开"，一把夺过自己的二胡，又加入进来拉了起来。

女娲娘娘补了天，

剩块石头成华山。

村子里几乎"人人都会唱几句"，一唱起来就会有人扎堆儿

太上老君犁了地，

豁出条犁沟流黄水……

这就是最原始的华阴老腔，喜悲忧乐皆成戏，世态人情自入腔。

在磨难中生活的农民是一个沉默的群体，沉默地活着、老去。他们需要把生活的悲苦在顷刻间发泄出来。这一吼，是一种生命的挣扎与呐喊，凭借月琴、胡琴，还有自制的梆子、钟铃这些简单的器具，甚至还有一条原模原样的长条凳，就能震撼人心，且如此接地气，好像每一个音落在地上，都能冒出烟来，给人一种质朴真挚、荡涤胸怀的震撼和感动，让观者从心底热血沸腾、激情澎湃！

二、老腔溯源

华阴老腔是中国最古老的剧种之一。华阴东北隅，黄、洛、渭三河交汇处附近的双泉村，是其唯一的发祥地和传承故土。

双泉村所在秦岭支脉——凤凰岭山麓区，被以自然风貌和人文历史内涵驰誉天下的西岳华山屏障于南；千万年来，哺育着炎黄子孙的黄河和渭水潆绕于东。其地貌奇特，钟灵毓秀，具有特殊的文化地位。

凤凰岭山麓区是一片充满神奇色彩的古文化地带，远逝的岁月在这里留下了许多重要的遗迹和遗址。从近代的一些出土文物来看，远在仰韶时期，先民们就在这里创造了高度的社会文明，学界称之为河岳文化。它是河洛文化的一个重要发祥地。据章太炎先生所考，“华夏”的华即籍于华山，古体的“华”字，即为命名华山所创的专用字，可见这一地域在中华民族文化史中的重要地位。

凤凰岭区的半坡形地理环境，具有典型的古文化意义。它依附黄土丘壑，下接沼泽湿地，与渭河平原接畴。据水文资料记载，在远古时，这里曾是一片水乡泽国。凤凰岭塬区也是一片林木丰茂、万类竞生的野生区。而山林水泽正是渔猎时期先民们繁衍生息的自然条件，他们栖息于此，下泽可撒网捕鱼，登坡可以采果狩猎，而半坡地带的沟壑断岩又便于先民们凿穴而居。这种傍水依塬、便于生息的地理环境，还可以减缓人们的旱涝之忧，对于抵御猛兽的侵袭和自然灾害也很有利。当社会转向农耕经济以后，植被茂盛而土质肥沃的坡塬，又为他们提供了土地资源，因而这种得天独厚的自然条件就成为先民们聚居繁衍的理想环境。

自然赋予了人类生存条件，促进了人类的自身发展；而人类通过劳动在自身发展的同时，也改造了自然，创造了自己的文明。

由于先民生存环境的恶劣和对外部世界认知能力的限制，对大自然带来的灾难必然会产生敬畏心理，从而引发了对自然主宰力量的叩问，产生了对神的信仰，产生了宗教和巫术文化，进而产生了祭祀活动。祭天地河岳，是早期祭祀文化的重要内容。这类活动要选择便于与自然对话的场所。双泉村位于凤凰岭北埠的临河地段，站在这里，西南可以仰望势与天齐的西岳华山，东北可以俯眺一泻千里的黄河渭水，获得寄身天地、意通四方的感悟，因此就成了当时祭天地河岳的理想之地。

从《山海经》的记载中可以看出，尧舜时即认为华岳之神能兴风雨、产万物，并亲临祭祀。在祭祀活动中，往往要伴以舞乐表演。傩舞是当时一种体能性表演，和以后的素鼓有一脉相承的关系，巫祝所用的说唱词和声律当类属民间的歌咏，它应该是华阴老腔的原声载体。这种唱词除了参加群体性的祭祀活动外，还多用于民间的祈福和禳灾。这在殷商的神社雩祭中多有记述。这种民间的祝词说唱以后就逐渐衍化为戏曲，于是，其祭祀功能也逐渐淡化，而娱乐功能却大大强化了。虽然如

老腔是中国最古老的剧种之一，发祥于黄、洛、渭三河交汇处

此，但某些原有的祭祀文化因素在以后的老腔剧种中，还是长期地生存了下来。如在1949年以前老腔的演出程序，开场后都要先演一折神戏，以示祝告，在老腔的传统剧目中，神话题材也占了相当的比重。这些都是祭祀文化的直接传承。

民间的歌咏习尚，是华阴老腔原声系诞生的民俗土壤。据典籍记载，凤凰岭一带古时曾称为华封，帝尧曾观风于此，见土人击壤而歌，悠然自得，因有“华封三祝”的典故。所谓击壤而歌，大概是一种以物击节的伴唱自娱活动。先秦时，这里也是郑声流传地区，它对以后地方曲乐的形成也起到重要的作用。当时虽然还没有特制的乐器和正规的声律，但已具备了音乐的基本属性。其中某些声响因素，虽经过漫长岁月的汰洗和流失，但也在一定程度上保存下来，纳入了新的声律。如华阴老腔中对打击乐的突出运用，与先民用以伴唱的击壤、击缶何其相似。而原初的那种说唱叙事方式，在老腔的戏剧语言和情节处理中，还随处可见。这些真切的事例，都印证着曾经流行于当地的原始说词或说唱与老腔的源流关系。

在历史上，黄、洛、渭交汇处的三河口曾长期是秦陇中原地域的水运交通要津。据《后汉书》及旧版本的《华阴县志》的“沟洫志”记载，西汉时，这里曾开凿有通往长安的漕运通道，东汉以后，才逐渐废弃，但由于文献匮乏，漕运旧址以及双泉村周边地区的历史废墟仍是一个有待破解的谜。有幸的是，一次偶然的发现，揭开了这个埋藏了千百年的谜底。

20世纪70年代，一个农民在瓦渣梁（双泉村南的一个废墟）捡到了一方饰有篆文“华仓”的瓦当。后来，又有人捡到了“大富”瓦当。而这些瓦当在已出版的瓦当图录中并未收录，这就引起了考古学家们的重视，于是就引发了一场诱人的古梦探索。不久，陕西省考古队来这里

位于双泉村路口的京师仓遗址

进行了古址发掘，终于发现了西汉京师仓遗址，并对漕运古道以及码头故址做了考证。考古工作者王北麟根据发掘资料，初步勾画出了当年粮仓的规模、布局和码头漕运旧址的粗略线条。这一发现不同寻常，它不但揭示了两千多年前双泉村周边地区的地容地貌和社会生息状态，更意外的是，它破解了在双泉村这块令人神驰的土地上传承至今的文化现象——老腔的成因。

根据所复原的粮仓和码头的格局来看，可以想象到当年水运码头的繁忙景象：由西蜿蜒而来的漕河直奔村侧，河中舟楫往来如织。码头坐落在村西塬麓，货船停泊，栈棚毗连，码头上人们车载肩扛，忙于装卸搬运。凭崖而筑的粮仓、星罗棋布于南坡台地，木架的瞭望楼，守粮士兵荷戈守望，整个码头繁忙而井然有序。

与双泉村山梁毗邻，有一道沟壑，历来被称为硙峪，随着粮仓面目的揭秘，它的称谓也得到了令人信服的解释。顾名思义，这个峪道当年一定水资源丰沛，遍布水磨作坊。从地理环境和水文历史数据看，它很可能是当时西汉京师仓的粮食加工基地。现在这里的河床虽然早已干涸了，水磨也消失了，但还是能从残存的遗迹中找到某些水磨和驮运的蛛丝马迹。

水运与码头，虽然有些单调，但它也创造了自己的生态文化，其中最能发人幽思的要算码头上的劳作号子。

站在凤凰岭的塬坡上北望，眼前仿佛出现了这样的场景：岸边的纤夫弓背曳着长长的缆索，荡船的艄公俯仰有致地摇着鸭蹼般的船桨，装卸码头工扛起沉重的粮袋，迈着沉重的步伐，他们一边劳作，一边喊出有节奏的劳动号子，其中最扣人心弦的要算船工们唱的渭河号子，它悠扬高亢，且带着几分苍凉。

码头的船工大多是来自附近的乡民，双泉村的人多依码头为生，他们中的不少人都能来几段民间说唱。休息时，他们有的枕卧船舷，有的席地而坐，就你一声我一和地唱起来，以求精神上的释放，唱着唱着就有意无意地打起船桨，在甲板上拍打起节奏。就这样，他们哼着小调，唱着号子，难免会出现跳仄串调现象，年长日久，劳动号子的拖腔和帮腔声就融入他们说唱的声律，经长期而反复碰撞、渗透、濡染和磨合，使当地流行的说唱曲调染上了劳动号子的节律—— 一种一领众和的拉坡腔。

河运生态对华阴老腔所产生的早期影响除了在声腔上育化外，还可以在乐器的运用和动态表演程序上找到痕迹，如昔时以船桨击甲板的节拍助兴，衍化为后来的老腔皮影戏中用以武打和助威的“震木”击板。

“震木”是老腔戏中特有的乐器，民间称这种乐器的演奏叫“打板”。又如在老腔的皮影表演中，用以表现格斗中相持不下、短兵胶着的动态，简直是形神兼备的船夫荡桨。人们就干脆把这种表演叫“扳船”。这些都是原生态的河运生活在老腔戏剧中的形象折射。

除了河运文化，粮仓的军旅文化和其周边地区的军事环境对老腔剧种在风格上的形成也是一个不容忽视的因素。军事环境在双泉村民间文化中打下的烙印，在老腔的军旅尚武主调中更为显而易见。

从表现内容来看，老腔的剧目百分之七十以上为历史战争题材。好多表演程式是战争场面淋漓尽致的展现。老腔的音乐语言高亢激越、气氛壮烈，听之如临沙场。它在开场前必先有一段打击乐合奏，俗称“打开场”。接着是一场白刃交加、短兵相接的打台折子，后面才开正本戏。随着剧情的展开，更有助威的呐喊声、昂扬的拉坡拖腔，以及模拟战马嘶鸣的长管大号声。这种贯穿全剧的尚武情调和表现风格，在其他民间戏曲音乐中，是很难见到的。

三、千年沧桑

华阴老腔音乐体系的形成，从汉魏六朝时期的孕育滥觞，到宋元明清以及民国时期的完善繁荣，再到当今的转折困惑和抢救复兴，已经历了约两千年的风雨沧桑。

漫长的汉魏六朝时期是老腔音乐语言和戏剧元素的孕育雏形期。在此期间，老腔还基本上是一种以说戏者为主体的抒情说唱，角色性的情节表演还处于萌芽状态。它的声律，在缓慢的演进中，当然不可避免地要受到相邻地区乐曲流派的浸染和熏陶。来自长江中游的弋阳腔音乐体系，汉魏以后已流传至黄渭流域一带，它与北方的地方民乐相融，形成一种高腔流派。由于华阴三河口的水运交通地位，高腔在双泉地区广为流传，对当地这种说唱音乐的套曲化起到了催化作用。

华阴老腔成为完整意义上的剧种，是在隋唐以后。隋唐是中国封建社会的兴盛期，经济繁荣，文化交流频繁，出现了文娱演唱的专门场所——“梨园”。隋唐时社会上流行有两种音乐体系：一种是趋于典雅的“清商乐”，它主要流行于宫廷府第。另一种是民间俗乐，它流行于民间劳动阶层。老腔风格粗犷通俗，当属后一种类型。

当时有一种“燕乐”开始在民间广泛流行，这种音乐派系是胡乐的民俗化。其实胡乐向汉民族地域传入，至少可以上溯至汉魏时期。据《后汉书》记载，东汉的蔡文姬长于乐律，于战乱中被匈奴所掳，后被曹操接回洛阳，她整理有胡乐典籍《胡笳十八拍》，此后在民间流传。至唐宋时，它已完全汉化，形成“燕乐”，融入民间音乐主流。北方民乐中普遍使用胡琴和竹笛，都源于胡系乐器。有些乐器往往与少数民族的国名有关，如胡琴等。

华阴老腔中的主要乐器是胡琴和月琴。板式中的月调（华阴迷胡中也有此调）也可能与“燕乐”中的“月支”音系有某种联系。同时，月琴的形制和拨奏法与燕乐的琵琶也有许多相似之处。至于老腔中用以烘托战场气氛的战鼓，其形制也与胡乐中的羯鼓相近。除了乐器的这些影响因素以外，还可以从乐风上找到一些相通之处。燕乐趋于野犷，听起来刺激性较强，与老腔的音律有一定的合拍，那种大漠烽烟的音乐意境被老腔有意无意地吸收，是很有可能的。20世纪50年代初，在双泉村西北处曾出

一曲老腔唱尽千古事

土过一批石雕群像“十美女进膳”乐伶所奏的乐器，它们都属燕乐系列，可见燕乐当时在华阴一带盛行。

皮影戏的形成应当早于北宋，不过到北宋时才有皮影戏的活动记载。在《东京梦华录》《都城纪胜》《夷坚志》《梦粱录》《武林旧事》《续明道杂志》等典籍中，都有关于北宋时皮影戏的种类、造型以及表演活动的记述。老腔皮影戏当时活动的地域不会很大，但从其周边环境来看，它已融入一定的社会文化环境。因为这时的民间戏曲游艺，已部分开始进入城镇的勾栏瓦舍（宋元时期民间艺术演出场所），转型为一种场地卖艺的文化形态。

在这期间，华阴流行着四种民间演唱：同州梆子、碗碗腔、华阴曲子（迷胡）和老腔。同州梆子激昂豪放，流行于渭滨广大地区，在声源上，基本因袭于老腔，它就是以后在西北流行的秦腔。碗碗腔（后称时腔）流行于华县一带，它与华阴老腔都先后走上了以皮影表演为载体的地方戏舞台。前者称为时腔影子，后者称为老腔影子。在这四个剧种中，只有华阴曲子（迷胡）还长期保持着以说唱为叙事方式的坐场演出传统。

至元代，城乡戏曲已蔚然成风，华阴老腔皮影戏在当时浓郁的戏曲社会文化氛围中，遇到了新的发展契机。

到明初时，具有古楚风遗韵的江湘民间戏曲，流传至黄渭流域，进一步推动了华阴老腔板式的规范化。据说当时有一班由湖北老河口来的民间戏曲艺人，漂泊江湖，落脚到华阴三河口卖艺，与华阴双泉村老腔艺人朝夕相处。由于这两种戏曲音乐都有河运文化的积淀，亦同属高腔流派，很快就取得了音乐语言上的沟通。经长期互相切磋磨合，华阴老腔的乐器配备和曲牌板式，更臻完善丰富，从而基本形成相对稳定的音乐程序，并一直传承下来，成为关中东部很有影响的剧种之一。

清朝至民国是华阴老腔的繁荣时期，从一些传闻和收藏至今的实物以及剧本中的记事来看，老腔在清初已对其周边地区产生了较明显的文化影响。双泉张氏现藏古抄戏本三百多本，其中有五十多本都是民国前的，最早的有乾隆和同治年间的手抄本，还有一些乐器如堂鼓、手锣等属于清朝中期的遗物。当时的活动地域，已走出关中，远涉晋豫西部、甘肃东部，以及渭北和陕南广大地区，为广大城乡群众所喜闻乐见。

班社活动的半职业化是清朝、民国时期老腔演出的特点，一般班社每年演出都在两百场以上。到民国时，班社组织也打破了家族的藩篱，扩展到外姓和潼关、蒲城一带。班社除参与古会和庙事的助兴以外，多数时间是应酬频繁的民间红白喜事，如婚嫁、丧事、贺寿、道喜、脱服等民间礼仪习俗活动。一般小康之家“过事”，几乎都要请皮影戏班子，殷实的家庭还往往多台汇赛，炫耀光彩。

据说清朝年间，华阴西王村的富豪王福、王孝弟兄为母亲“脱服”，光皮影戏就请了十五台，一直演了半个月。

民国年间，五方村官僚豪绅刘必达给儿子结婚，光华阴皮影就请了十多家，其中老腔就有六家。他们搭台对擂，旗鼓相望，刘必达亲自点戏，评品高下。最后还是老腔占了上风，张全生夺了魁。从这些事例可以看出，华阴老腔当时在本地域和周边一带民俗生活中已拥有了其他剧种难以取代的地位。当时二华（华阴、华县）民间流传着这样的顺口溜：“泉店（双泉村旧称）的影子敷水（今罗敷镇）馍（六棱馍），离了一个不能过。”

老腔散发着浓郁的民间文化气息，并富有戏剧的视听效果，影响着这一带民间的文化习尚和审美心理。各地城乡群众中都有一些老腔戏

由于华阴老腔题材的历史经典性，很多目不识丁的农人也能依剧情说三国，话隋唐

迷，他们都能哼上几段老腔，每遇演老腔影子，他们总要挤到台子跟前，一直看到提灯煞戏。有时为了看一场戏，竟要跑二三十里路去赶场。传闻有一次几个戏迷晚上赶路，仿佛听到老远有老腔的马锣声，就顺声音传来的方向去找，因为天黑路生，竟走了许多冤枉路。等赶到戏台下时，东方已经发亮，戏也刚吹了煞戏喇叭，他们懊丧不已。戏班子知道后，就专门给这几个戏迷加演了一场梢戏。

由于华阴老腔题材的历史经典性，很多目不识丁的农人也由此增长了历史知识，他们不少人都能依剧情说三国、讲列国、话隋唐、评封神。直到近代，在华阴乡间，不少儿童都能用硬纸雕成皮影戏中的人物，在巷口檐下撑起布帘、点上油灯，演起娃娃老腔影子。在华阴，这种饶有风趣的民俗文化现象，一直从明清民国延续到新中国成立初期。

四、灯幕背后

老腔的繁荣盛况，既承续了河岳的文化传统，也彰显了民间艺术的生命力，同时也给漂泊江湖的老腔艺人带来了风光，但在热闹的灯影幕后，却也掩藏了外人难以尽知的苦涩和黯然。对于华阴老腔艺人的生存状态，1949年以前的具体情状难以考证，我们仅能从健在的老艺人口中撷拾到当时的一些片段。

在旧社会，由于等级观念的影响，民间艺人被鄙称为“下九流”。华阴老腔艺人出身穷苦，一般十多岁就辍学从艺，跟上父辈，青灯冷帐，卖艺求生，尝遍人间辛酸。他们出门的行囊是肩挑车推，给人“顾事”吃的是下席，睡的多是草房牛棚（人称“下处”），盖的是爬满虱子的补丁被子。人常说“龟兹戏子，一人一被子”，可见境遇困顿之一斑。

老腔艺人张全生在十八岁曾被拉过壮丁。三十岁因唱戏累出大病，几个月躺在炕上动弹不得，因无钱看病几乎致瘫，但还是硬撑了过来。有一次，他接了潼关苏家村的戏，可是父亲突然得了急病，一时脱身不得，误了开戏时辰，竟被吊在树上抽打，被人扯了帘子、收了戏箱。王振中刚学戏时，开班不久，有一次应了洛南的庙事演出，他们跋山涉水一百多里，不幸遇上了暴雪，几次从坡上滚下来，跌得遍体鳞伤。等赶到台下，手足都冻僵了，但因错过了敬神的吉时，虽叩头求饶，还是免不了一顿惩罚，接着还得忍着冻饿和伤痛上台演到天亮。

旧时婚事都讲究门当户对，由于艺人社会地位低下，其儿女婚事常会受到影响。张全生的大儿子张发成聪明能干，可就是因为出身戏子，快三十岁还定不下亲。

中华人民共和国成立以前，老腔艺人不但遭社会上势利人的白眼，

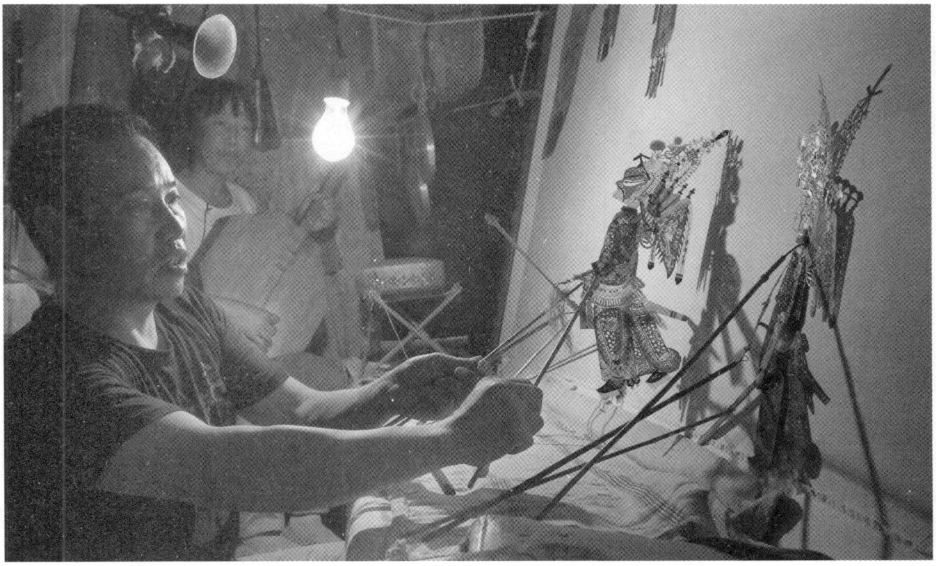

灯影幕后，艺人之间配合默契

热闹的灯影幕后，难掩艺人的苦涩和艰辛

中华人民共和国成立后，老腔艺人的社会地位得到提高，受到了人们的尊重

还免不了受国民党反动势力的欺凌。艺人靠演戏，往往很难维持生计，农活又经常耽误，遇到歉收年，田赋和籍租就不能按时交纳，连年关也不得好过。有时地方官僚为了开心，逼着老腔艺人给他们演戏，还不给报酬。抗战时期，住在黄河岸边的国民党部队苦中寻乐，逼着全生来军营唱戏。开戏不久，舞台就遭到日军的炮火袭击，台下的兵士都跑光了。张全生冒着炮火把戏演完，煞戏了，不但分文未得，还被人一顿乱棍赶走……

那时的华阴老腔艺人就是这样在充满血与泪的岁月中续写着自己的悲喜剧史。他们创造了艺业的辉煌，也体味了人世的凄凉。

中华人民共和国成立之后，华阴老腔艺人的社会地位得到提高，过去被鄙称的“戏子”，如今被尊称为民间艺人。

老腔阵容的变化和旧班社的解体，使华阴老腔一时处于艺业交替、班社重组的活跃状态。张全生、张奉军率先成立了老腔“新生社”，移植上演了《血泪仇》《穷人恨》等现代剧目，传达了翻身农民的心声。吕孝安、任浪渔等也应时搭班演出，增强了老腔阵容。时腔艺人段转娃、王平安等也不甘落后，相继组班。华阴的皮影戏进入一个新的群星争辉时期。

班社“组织起来”的号角在农村吹响后，很快就波及民间的文化活动。当时的华阴县县长王润亭是一个皮影戏迷，他看到了华阴老腔班社分散活动中出现的一些问题，于是出台了筹建华阴“革新社”的方案。

革新社初成立时，社址设在岳庙街东头的火神庙，后又迁址到北街城楼等地。革新社成立后，得到了县政府的关心和重视，王润亭亲自过问事务，给戏社指定了馍铺、油店，安排了人事，办理了演出证，开始巡回售票演出。1956年，皮影艺人赴省会参加了“陕西省第一届木偶皮影戏观摩演出大会”。华阴老腔艺人张全生获得了二等奖，张奉军获得了三等奖。会上还为张全生的《诸葛托事》、史长才的《月下来迟》、段转娃的《战樊城》等唱段录了音。会后，当时的省长还特意把张全生几个华阴皮影艺人请到家里演了场戏，和他们拉家常，还合了影。这次演出活动为华阴人争了光，也扩大了华阴老腔的影响。革新社的演出活动以老腔最有市场。这样，张全生自然就成为革新社的台柱子，后来他被选为革新社社长，更是名噪一方。革新社是一个由政府直接管理的集体性文艺组织，在活动期间，华阴还有不少的民间老腔艺人活跃在民间，像红岩、黄甫峪、西王村、南寨等都有自组的班子与革新社旗鼓辉映。

革新社的成立，为华阴老腔的地域文化交流创造了一定的社会条件。他们除在县境的各乡镇巡回演出外，还多次到渭北和陕西西府一带演出。通过频繁的演出活动，不断地丰富剧目、充实阵容、探索技艺，华阴老腔取得了一定的艺术效果和社会效果。

除革新社的活动外，其他社会文艺团体也排演了一些老腔剧目，并做了一些继承和革新的有益尝试。1958年，孟原公社文工队放开思路，创作了现代剧《深翻地》，以老腔的演唱形式在大舞台上演，为老腔的舞台移植开了先河。1960年，华阴县剧团将老腔传统剧《借赵云》，经过专业化的艺术排练再度搬上舞台，由名演员卫赞成主演，并参加了“陕西省新搬上舞台剧种会演”，受到了广泛关注。革新社在初成立的短期内，演出活动还算频繁，但由于社会、政治的原因，很快就暴露出管理体制上的诸多问题，加上“破旧立新”带来的传统文化的萧条，上座率下滑。这时不少艺人已自行离社，只有张全生几个人一直支撑到最后。鉴于处境艰难，革新社最终改社团的脱产组织为亦工亦农的民间业余组织，返乡分散活动。革新社的命运实际上是终结了。

20世纪60年代初，老艺人王振中为了生计，也为了割舍不掉的老腔情结，偷偷外出演戏。为了不缺勤，往往是晚上唱一宵戏，天亮了还得回到生产队上工。他出门唱戏，多数是赚不到工钱的，只背着半口袋干馍回来。可一进村，看见贪玩的孩子们个个饿得无精打采，善良的他还是会掏出口袋里的馍给孩子们散发，虽然他回家得饿着肚子，但心里还是乐滋滋的。

其他的几个老腔艺人张全生、张奉军、任浪渔等，虽然也间或有一些民间演出活动，但已是门庭冷落，风光不再了。

华阴老腔何去何从？其生存状态已陷入困境。

“文化大革命”期间，传统剧目一概封杀，地方的“文革”组织贴出通令，收缴民间的皮影戏箱和旧有剧本。收缴来的戏箱统统封存到当时县文教局的库房，张全生、张奉军、任浪渔、王振中等老腔艺人的家

正在练习演唱老腔的老艺人王振中

都遭受过红卫兵的搜查。好在执行任务的某些“头头”，还有点“心慈手软”，不时“走漏风声”，使得一部分皮影戏箱和大部分的老腔剧本事先被转移隐藏，幸免于难，为老腔留下了一点财富（收缴的戏箱后大部分散佚，剩余部分约三大箱于20世纪80年代初交县文化馆保管，又不幸于1996年被盗）。

“文化大革命”扼杀了优秀的传统文化，却也营造出了虚假繁荣的畸形文化。那时的华阴农村几乎每个生产大队都会演一些红色革命节目。王振中由于自己超人的音乐戏曲才能，被造反派纳入“可以团结的对象”。为了使自己的戏曲艺术生活不致被中断，他只好顺应时势，张罗着给文艺宣传队编剧本、排节目。由于他的组织和辅导，他所在的南寨村文艺宣传队就活跃了起来。他编排的《金花银花》《学毛选》等唱段和节目，竟一时不胫而走，传到华阴农村许多宣传队。

可是这种文艺活动并没有减弱他对传统老腔戏的依恋，老腔艺人为了能登台唱戏，只有一条路可走，那就是忍痛割旧，学演“革命样板戏”。可是样板戏是当时的红色经典，一个字也动不得，如果用老腔的板路曲牌移植过来，很难做到合辙合韵。这的确是件难事。

可是这对晓音通律的王振中来说，却是一个大显身手的机会，他边学边编边试演，反复琢磨。到1973年终于完成了《智取威虎山》《杜鹃山》两本老腔移植剧，同时还协助皮影雕刻师陈增礼刻出了这两本戏的皮影。在当时华阴县原体育场演出时，戏曲界的人都赶来观看，引起轰动。这在老腔史上不能不说是一个创举。可是在当时，他的这场改编演出还是受到了极“左”思潮的影响，被以“歪曲革命英雄人物”的莫须有罪名，打入了“冷宫”。自此，华阴老腔就彻底地偃旗息鼓、销声匿迹了。这种局面一直延续到“文化大革命”结束。

1976年，迎来了文化复兴的新纪元。华阴老腔艺人欣喜若狂，一些

20世纪70年代，文化复兴，艺人们欣喜若狂，收罗旧部，添置乐器，置办戏箱，一时生机萌发

人开始收罗旧部，添置乐器，置办戏箱，老腔活动一时生机萌发。

王振中怀才得遇，壮心可酬，率先于1977年恢复了自己的老腔班社，在体育场演出了原来创编移植的《智取威虎山》《杜鹃山》和自己新编的《逼上梁山》，博得了观众的喝彩，并得到文化主管部门的肯定。接着他又改编了《大闹天宫》，创编了《三打白骨精》。1980年，他又创编了历史剧《李世民取明州》，随后又把张玉枫创编的华山神话《回心石》移植为老腔皮影戏。1982年，他演出的《木阳城》在音乐会上被录制为电视艺术片，接着又为湖北剧目研究室改编演出了《碧游宫》，在湖北电视台播放。1984年，在陕西省第一次民间文艺会演中，他唱的《访白袍》获得了二等奖。1985年，他演的《宋江投明》被渭南地区摄像存档。1988年，他参加了中国音乐学会第二届年会，会上演唱的《陈宏通宫》获“钟楼杯”一等奖。1992年，西影来华阴为他摄制了戏曲专题录像，在电视台播映。1993年，由芦苇编剧、张艺谋执导，葛优主演的电影《活着》，以及次年由芦苇编剧、王新生执导的电影《桃花满天红》，都请他做了配音。一时佳绩连连、赞誉有加。

这时张全生虽年事渐高，但宝刀不老雄风依旧，他恢复整顿了自己的班社，上演了一批传统剧目。1984年，他应邀率班社赴山西风陵渡演出，当地政府赠给他“艺术超群”的锦旗，载誉而归。此后，他还多次在文艺赛事中获奖。1988年，《中国戏曲音乐集成·陕西卷》收录了他的有关资料，并赠给他一面题有“老腔正宗”的锦旗。

为了挽救“文革”对民间文化造成的严重损失，20世纪80年代末期，国家对各类民间艺术进行了及时抢救工作。在华阴，文教局和文化馆组成了专业组，对包括老腔在内的华阴民间艺术进行了深入细致的普查搜集和数据整理等方面的抢救工作，完成了《陕西民间戏曲音乐·老腔卷》的集成工作。老腔艺人张全生、王振中在集成工作中，提供了大量第一手资料。集成工作组还为他们的典型唱段做了录音存盘。

老腔艺人陈增礼，别出心裁地把一些知名艺人的演唱制成录音，自己配上签手，轻装简从，走村串镇，为群众文化生活服务，被称为“老腔影子的轻骑兵”。

2003年，“中国民族民间文化保护工程”启动，使华阴老腔进入一个全新的复苏时期。这时的华阴老腔迎来了发展机遇，焕发出生机，它的命运开始有了根本性的转机。

21世纪初，老腔进入一个全新的复苏时期

五、独特的艺术价值

华阴老腔在民族传统戏曲园林中，独此一枝，全国迄今并未发现与其相同或近似的剧种。这就形成了它在剧种上的独特性。

双泉村在秦汉时就是贯通东西驿道的要津，沿路店铺毗连，形成了街镇。东临的三河口，水运发达，客栈遍布，是关中东部的物资集散地，也是渭河下游的重要商埠。西邻的西岳庙，庙事兴旺，庙前的莲衢街，从东汉时就商贾云集市井繁荣，一直是秦东的商业重镇。这些城镇环境，为老腔发展提供了文化市场，一些老腔戏班必然会赶会赴庙，或走进戏棚子，或当街搭台演出，吸引市民和商贾文化消费。这种带有营业性的文娱活动，必然会激发老腔自身演艺的不断提高和声腔器乐的不断完善，使其演唱日趋规范，逐渐形成具有独特艺术价值的剧种。

◆ 戏曲史价值

老腔源于西汉，形成于唐宋，兴盛于明清民国，至今还存活在华阴这片原生故土上。

老腔完整的发展历程，是中国戏曲史的缩影。对老腔的梳理和研究，有助于中国戏曲史的进一步丰富和完善。

◆ 独特的审美价值

老腔皮影戏在祖国群芳竞艳的艺术百花园中，是一朵独放异彩的

老腔声律铿锵有力，很具阳刚之美

艺术奇葩，具有鲜明的文化艺术审美特性。在它的传统剧目中，百分之七十以上是历史、战争题材，其他生活题材是它的附属部分，体现了老腔的文化包容性。但只有战争题材才能充分表现出老腔这一原生态民间文化的张扬、野犷以及尚武精神。这就决定了它在内容取材上具有军旅特征：声律铿锵有力，唱腔激越豪放，悠扬古朴，阳刚壮美。古战场上的长枪大戟、刀光剑影，忽而人欢马叫、气吞山河，忽而鸣金收兵、四顾苍茫，陕人的刚强性格、雄强心态跃然而出。

◆ 抽象的精神价值

老腔是一种原生态的生命律动。它在经过现代文化手段强化后，其强烈的艺术感染力更易感染观众。观看老腔，观众在视觉、听觉交感的强烈刺激中获得精神上的愉悦，心境得到震撼，从而感受到一种精神力量的熏陶。

◆ 超地域的文化认同价值

华阴老腔虽具有自身的特殊艺术语言，但长期流传于陕西关中，直至山西、河南、甘肃等地，为人们喜闻乐见。近年来，在国内外文化交流中亦多获盛誉，体现了老腔民族性与世界性的统一。因此，其又具有审美对象的广泛性和超地域的文化认同价值。

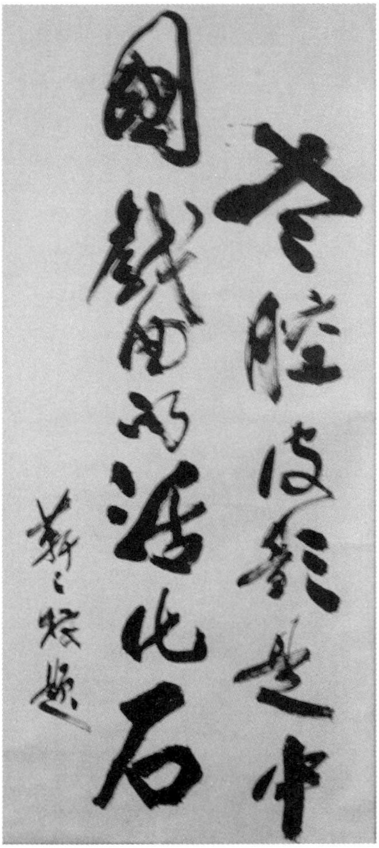

中国非物质文化遗产专家称“老腔皮影是中国戏曲的活化石”

另外，华阴老腔在成为完整的剧种后，一直以皮影戏的表演形式为存活载体。因此，它在音乐曲谱、唱腔节奏上，一直与皮影表演有着相生共存的关系。即使在搬上大舞台后，华阴老腔还不能摆脱原有皮影戏的一些表现程式，这就形成了它对皮影载体的依附性特征。

华阴老腔的这些特有的艺术属性，都充分反映了其得天独厚的文化价值和艺术地位，也是它在社会历史、文化艺术诸领域内自身价值的具体表现。

对这一弥足珍贵的民间文化遗产，早在20世纪80年代，一些有识之士就给予了高度的文化定位，民俗文化专家靳子林称华阴老腔为“中国戏曲的活化石”。

六、文人眼中的老腔之魅

老腔声律铿锵有力，唱腔激越豪放、悠扬古朴，是民间戏曲音乐中阳刚美的典范。老腔有较强的听觉冲击力，能与现代观众产生审美心理上的共鸣，能在瞬间激发观众的情绪，并能不断地掀起高潮。老腔极具壮美因素，它是老腔文化尚武精神的写照，也是表现北方汉子豪迈气概的赞歌。听懂者或听不懂者，都能被它的气势和节奏深深地感染。

2004年金庸先生登临华山，观看老腔后无比喜爱，欣然题词：精彩无比，叹为观止！

曾经有一位北京的艺术家，专门到张喜民家来要听华阴老腔，张喜民给对方唱了《薛仁贵征东》这部戏：“将令一声震山川，人披盔甲马上鞍。大小儿郎齐呐喊，催动人马到阵前。头戴束发冠，身穿玉连环。胸前狮子扣，腰中挎龙泉。弯弓似月样，狼牙囊中穿……”当张喜民唱完，对方泪流满面，激动地拉着他的手说不出话来。

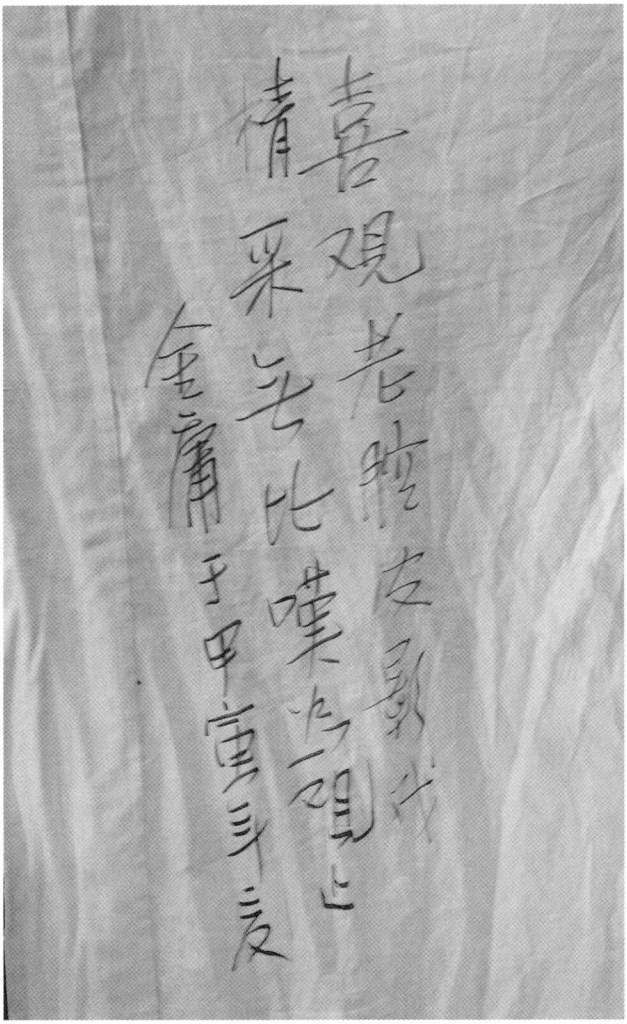

2004年金庸登临华山，观看老腔后的题字

有着两千年历史根基的老腔虽来自乡间、来自自然，但不惧不怯，从容面对都市，天人合一，展示其形而上的本性和勾魂的意蕴，使现代人不得不深思：什么是人生？什么是生命的本源？什么是生活的真谛？

陈忠实先生在《白鹿原上奏响一支老腔》中描述老腔：

这样富于艺术魅力的老腔，此前却从未听说过，也就缺失了老腔旋律的熏陶，设想心底如若有老腔的旋律不时响动，肯定会影响到我对关中乡村生活的感受和体味，也会影响到笔下文字的色调和质地。后来，有作家朋友看过老腔的演出，不无遗憾地对我说过这样的话，你的小说《白鹿原》是写关中大地的，要是有一笔老腔的画面就好了。我却想到，不单是一笔或几笔画面，而是在整个叙述的文字里如果有老腔的气韵弥漫……

后来还想再听老腔，却难得如愿。不过两年之后，我竟然在中山音乐堂再次过足了老腔的瘾。那天，无论白毛老汉，还是其他演员，都是尽兴尽情完全投入地演唱，把老腔的独特魅力发挥到最好的程度，台下观众一阵强过一阵的掌声，当属一种心灵的应和。纯正的关中东府地方的发音，观众能听懂多少内容可想而知，何以会有如此强烈的呼应和感染力？我想到的是旋律，一种发自久远时空的绝响，又饱含着关中大地深厚的神韵，把当代人潜存在心灵底层的那一根尚未被各种或高雅或通俗的音律所淹没的神经撞响了，这几乎是本能地呼应着这种堪为大美的民间原生形态的心灵旋律。

……

文化学者路树军先生曾说：

欣赏老腔，重要的是感受一种宣泄的情绪，感受演唱者一种忘我的状态。直面老腔，似乎任何语言都难以表达内心的澎湃和激动，甚至大脑会突然出现空白而导致一时失语。沉浸于古朴、率真的旋律中，所有的烦恼、喧嚣、欲望、压力都会远遁而去，一颗颗枯竭、疲倦的心，会在三月的甘霖中再次复苏萌动，从而繁衍出一片新绿。

这种古老独特的演唱形式，对承受压抑、心灵扭曲的现代人来说，无疑是一剂身心排遣和压力释放的良药。现代人似乎厌倦了灯红酒绿、车水马龙的生活，他们渴望走出围城，哪怕是片刻，去寻觅一湾深山古潭的清纯、一缕田野湿地的馨香，于是，老腔便成了他们当然的一时的精神家园……

濮存昕在《印象·老腔》中写道：

老腔老腔，一是因为老，千年传承祖上的玩意儿让我们有认同、亲近感。二是少，现代文明将这民间艺术挤在角落，少有人知了。但最重要的是真，老腔一直在民间，特土，没变味，没有被现代文明改了腔换了调，因而老腔保留着民俗文化的真实面貌，原汁原味，朴实本真才具有现代审美价值。

作家刘成章说：

在这现代化的舞台上，发出了灼人逼人的绝响。原始，朴拙，自然。它是如此奇特，如此分明地有别于种种时尚表演，宛若天籁，让人震撼。

文化学者郭万盛在《华阴老腔：传递农民内心苍凉世界》一文中描述老腔艺人：

更多的时候，他们是一个沉默的群体，沉默地活着，又沉默地衰老。当然，他们也有开口吼唱的时候，此时的他们会随心所欲地释放沉寂已久的内心世界。荡气回肠的声音充满了力量。那力量不是喊叫，也不是抗争，而是忍受，执着而又倔强地忍受，忍受现实世界给他们带来的悲辛和幸福、无聊和乐趣。尽管他们是中国传统农民的典型代表，但与其他农民不同的是，他们是陕西华阴老腔的传承人。他们的名字曾随着文化遗产申报材料进入专家官员的视野。他们通过老腔传递出了中国农民对于活着的感受。

作家赵熙在《华山下，看“老腔”皮影戏》中描述老腔：

华阴老腔用质朴、自然的说唱留住文化的根，用奔放的激情激活城市的死寂，用天地山河的宏大律动砸碎灯红酒绿下的浮靡，用无拘无束的、充满元气的呐喊抚慰流浪的灵魂……

一声长吼扯起来，直入云端，回荡在天际！远处，华山高耸，黄河、洛水、渭水三河静流……

精彩老腔视频，请扫码观看

第三章 走进老腔班社

华阴老腔两千多年来一直薪火相传，长演不衰，并不时激荡着扣人心弦的浪花。这种民族文化的传承现象，有力地证明了河岳原生态文化的生命力。从华阴老腔的班社组成来看，它具有一身多职、文武兼备和精兵简编等特点。

一、五人一台戏

两张方桌，九块木板，椽子七长八短，五张芦席一卷，四条麻绳一挽，挂上“亮子”，就能开演。

皮影戏是一种以皮制品替代剧中人物进行表演的特殊剧种，其演唱特点是借口传言，隔“亮子”唱戏。以前的老腔是用皮影表演，只要五人即可完成。

◆ 班社　戏箱

班社是一种戏剧文化的社会组织形式，具有民间会社性质。其内容有着自身的活动约章及明显的司职分工。清代以前的老腔班社已无籍可

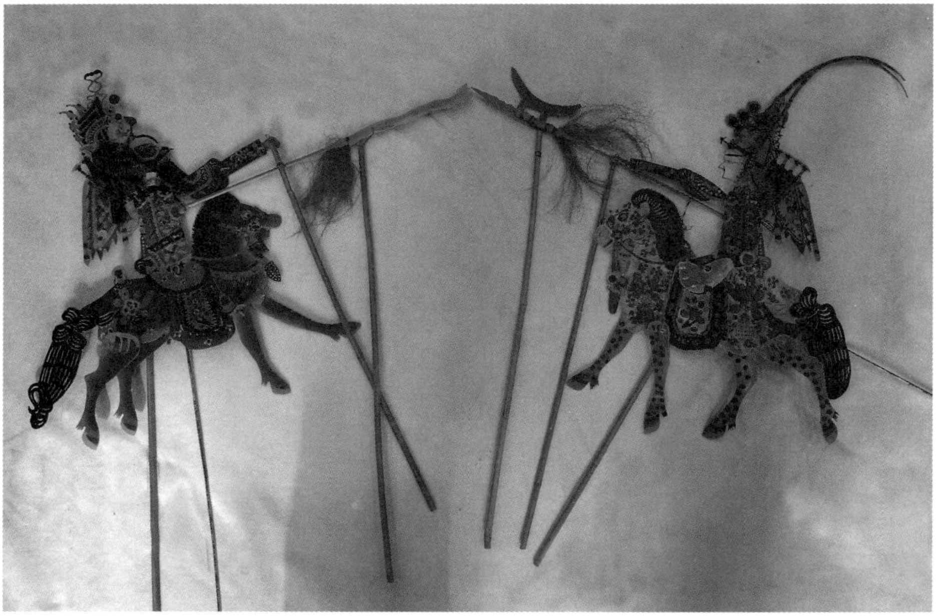

皮影戏是“借口传言”，隔“亮子”唱戏

查，下面仅记述近代以来的老腔班社情况。

旧时“说戏人”是班社演出活动的统领者。班社使用的皮影道具等资产叫戏箱。戏箱的所有者叫箱主。班社多依附于箱主而存在。班社与说戏人的关系是雇佣和被雇佣的关系，说戏人向箱主租用戏箱，年终须向箱主交纳一定租金，对戏箱的缺补由箱主负责。班社多以箱主的人名或堂号命名。民国时最有影响的是“三坤班”，它实际上是包括了张耀坤、党丙坤、李西坤三个班社。河口镇的张自强班社称“强盛班”，其他如“永盛班”“杰盛班”“林胜班”等都与箱主的名字或堂号有关。这些箱主与艺人依附关系的形成有一定的社会根源。这是因为艺人多数贫寒，无力购置戏箱，同时也为了得到社会势力的庇护，获得比较安全的演出环境。当时的箱主多属地方豪绅显贵，如西关村的周树亭、坡上村的卫定一、南城子村的张耀坤、阳化村的杨团总（名字不详）、河口镇的张自强等。此外，如兴洛坊村的富怀、段村的李务林、西王村的王廷海等都有私家戏箱。还有少数艺人自置戏箱，如双泉村的张玉印（全盛班），段村的张奉军、张定华等。老腔名家张全生过去的班社名沿用自家的堂号“新兴堂”。20世纪50年代后，张全生的班社恢复，改为“新生班”。20世纪90年代以后，成立的班社有“振中班”“喜民班”“新民班”“军民班”“全稳班”等，他们都以自己的名字命名。说戏人以外的演职人员，根据自己的技艺、特长、人际关系，自由选择乐意参加的班社，找班主搭班。“文革”前，搭班为一年三季。一般为农历正月十五（元宵节）至五月初五（端午节）、农历五月初六至八月十五（中秋节）、农历八月十六至腊月初八（腊八节）。“文革”后，搭班时间少则半年，多则一年以上。要和班主签订书面或约定口头协议，一旦加入，就必须严格遵守班社纪律。如：不准参加外班演出，必须提前赶到演出地点，携带演出用具，动手搭台等。各班社之间人员可以互借，但必须经班主和被借用者同意。

清朝、民国时，有一种家庭皮影戏，当地的富豪自制戏箱，用以自娱自乐，他们并不参加社会文化活动。

新中国成立后，由华阴县文化部门直接组织管理的“革新社”，是一种集体合作性质的文化企业机构。它财务独立，自负盈亏，社员的报酬视社团收入的情况按劳分配，实行等级工资。初成立时，史长才、赵忠运、张全生和卫存才的工资最高，每月三十多元，一般成员只有二十多元。革新社的社长由社员选举产生，艺人赵双长、张全生都当过社长。副社长由政府派员兼职，协助社长工作。第一任副社长是苗培烈。革新社其他成员由艺人组成。内务、出纳、会计、保管、后勤，以及班社的伙食管理都由艺人兼管。1956年11月，该社出席了陕西省第一届皮影木偶戏观摩演出大会，演出了老腔戏《借赵云》，获二等奖。同时，主演张奉军获个人二等奖，板胡手卫存才获个人一等奖，后槽董中运获个人一等奖，签手卫仰余获个人三等奖，二胡手张千厚也参加了演出。这个戏受到大会赞扬。上海电影制片厂虞哲光先生在评论中说：“《借赵云》用老腔音腔，韵味独特。在公孙瓒捧面哭泣一段，演出者老泪纵横，声响开朗；与曹兵大战一场，技术熟练，激烈开打，有紧张气氛。特别在后段演唱，用帮腔合声，音韵显得圆润，慷慨激昂。”老艺人段转娃演唱的时腔（也称碗碗腔）《审录》深受欢迎。革新社获集体演出一等奖。史长才向大会献演了时腔《店遇》，张全生演出了老腔《访永宁》《西凉遇马超》。省电台录制了《访白袍》《托词》。华阴皮影艺人一时饮誉三秦，名声大振。1965年，革新社组织瘫痪，活动终止。它闪现过的光芒，已永留在历史的长河中。

21世纪初，华阴老腔有所中兴。为了适应频繁的对外文化交流活动，2005年，华阴市文化局在现有老腔班社的基础上，重组了演出阵

观众专注地欣赏着老腔

容，成立了“华阴市老腔剧团”，任命文化馆干部党安华任团长兼导演，文化局直接管理演出事务。该剧团属一种非全脱产的民间文化团体，按具体活动收益付酬，没有固定的工资制度。其活动特点是：有事集中，无事分散，统一管理，灵活有序。由于采取了较好的管理措施，剧团调动了演职人员的积极性，产生了良好的经济效益和社会效益。与此同时，艺人张军民还走出了市境，加盟了华县雨田文化公司，并独立组建了老腔班社，参与社会文化活动，社员有固定工资和固定社址，也取得了较显明的社会效益和经济效益。

◆ 灯影舞台

老腔的表演空间叫“灯影台子”，它由演员动手搭置。人们对这种戏台的搭法归纳了一个顺口溜：“七长八短（指椽），六块宽板，八页芦苇一卷，六根长绳一挽，两张桌子加板凳，搭台子事别再管。”

传统的老腔在历史上长期依附于灯影舞台的表演，舞台的结构与其他皮影戏大体相同：先用木椽搭成外侧呈斗状的框架，中间一米处的周围架上木板，供艺人围场演示，然后撑好纱幕，挂上油灯，借助灯火，以竹签挑拨用皮革雕刻成的皮影进行表演。

搭戏台在过去多就地取材，如利用碾场碌碡、绞水架子组成地座，既安全稳固又具有乡土气息。由于生活的逐渐现代化，清油灯到20世纪50年代改为汽灯，70年代以后又改用电灯，光照效果大大提高。为了便于演出，90年代后，影戏台架改用钢管对接结构，更为适用合理，便于拆卸转运。

为了打破皮影舞台的视觉局限，强化其戏剧表演效果，从60年代起，华阴老腔就开台做了向大舞台移植的尝试，尤其是在近几年的老腔对外文化交流中所编演的一些创意性节目，都在空间转换上做了不少文

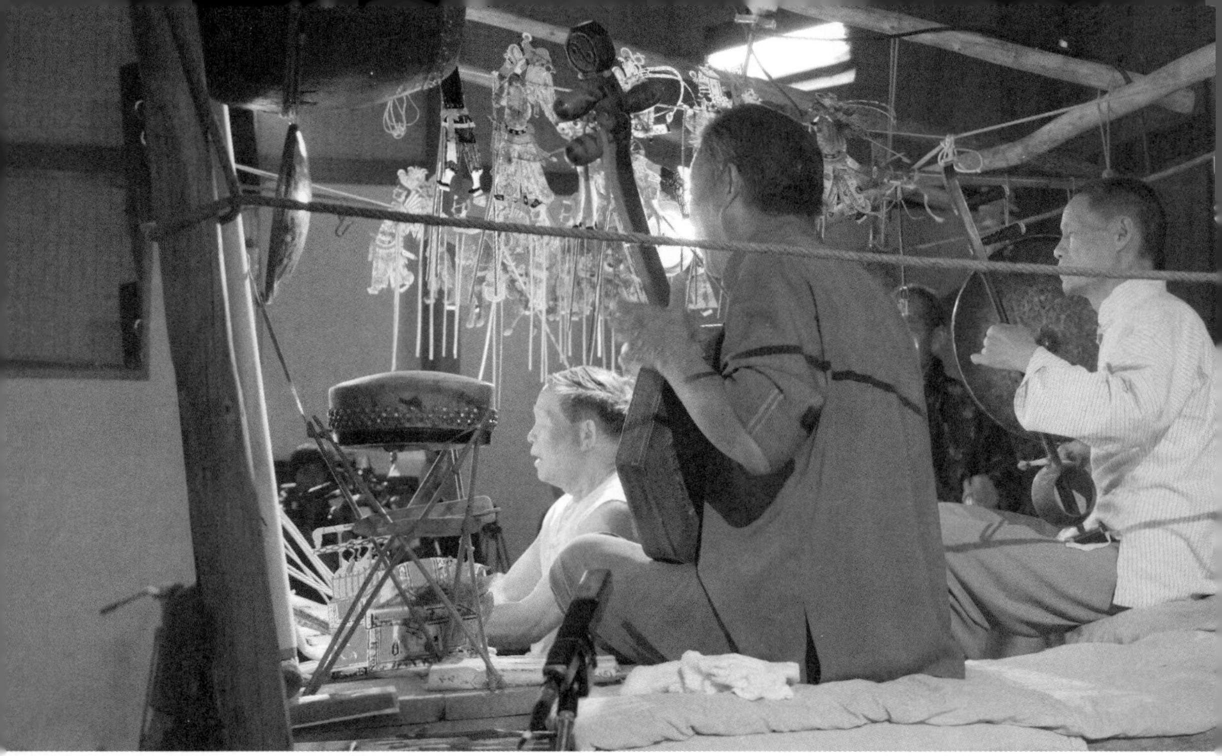

“灯影台子”从20世纪50年代由清油灯改为汽灯，后又改为电灯

章。这种演唱的空间重建可分两种类型：一种是拆除戏台框架，把灯幕透明化，打破一直沿袭的只闻其声、不见其人的封闭性表演模式，成为开放性表演，如《三英战吕布》等；另一种是让艺人走上大舞台的生活场景，通过对场景和情节的创意处理，强化了老腔的那种老辣、老到、老土的原生态特质和戏剧效果，如现今的“老腔原生态作品音乐会”节目等。

华阴老腔的演唱除了上述的音乐表演基本程式外，还会增加一些特技，如灯光的情绪化运用：情节高潮时吹灯，表现阴曹地府时使用暗灯，以及利用乐器对风声、雨声、水声、车声、雷声，以及战马嘶鸣声进行意象模拟。

在老腔中还有一些口技，如对鸡声、犬声、羊声、牛声以及狼嗥虎啸等声音进行模拟。有一种叫“胡哨”的口技，带有明显的游牧民族文化生态烙印。

◆ 皮影雕刻

老腔是借助皮影表演的一种民间戏曲艺术，它的皮影雕刻业也有悠久的历史。原在文化馆收藏的明清皮影，形象传神，刀法精巧，涂色古朴，大多是本地产品。但在近代一段较长的时间内，皮影雕刻业的传承基本中断，其艺史也无籍可考。到民国时，艺人李计柱才重操旧业，恢复了华阴的皮影雕刻工艺。

华阴的皮影雕刻业有一个特点，就是老腔艺人直接参与。他们既刻又演，相得益彰。陈增礼是这个职业的代表。他小时跟李计柱学习皮影雕刻，以后又随吕孝安学老腔，从此长期参与老腔演出，给班社及时添补戏箱。20世纪60年代，为了适应皮影现代剧的需要，他与其他艺人合作，自己设计、雕刻了一系列的现代皮影戏剧人物和场景道具，协助班社演出了一批现代剧目，赢得了社会的赞誉。

陈增礼五十岁以后，逐渐脱离了班社的演出活动，办起了家庭皮影作坊，并传艺于其子陈艺文等人，陈艺文又传于陈氏的第三代陈校习等人。他们的刀法流畅，工艺精湛，是东府皮影工艺的杰出代表。取材于历史战争中的代表人物，是陈氏皮影雕绘内容的一大特点。它脸谱丰富、服饰考究，突出表现了剑佩戎装的孔武神态。除了用于戏剧演示的产品以外，陈增礼还绘制了许多系列的老腔皮影画作为艺术收藏品。如“三国”“封神”“水浒”“瓦岗寨”等皮影人物长卷，《五虎上将》《杨门女将》《沉香劈华山》等独幅皮影装帧艺术品进入了文化市场，拓展了老腔文化的影响领域。

华阴老腔传承人、艺人张拾民，除了唱老腔，也是一位雕刻皮影的高手。

艺人张拾民也是一位雕刻皮影的高手

◆ 帮腔的人

一出戏由一人主说唱，生旦净末丑全担，其他人帮腔。说唱者怀抱月琴，边弹边唱，还要打板打锣和敲鼓；另一人挑签子表演皮影，其他人分别负责板胡、大号、手锣、勾锣、铰子、梆子、钟铃和木块击板。近十种乐器由五个人承担，每个人身边都有几件家什。放下这个便拿起那个，搭档配合默契。分工一般为：

说戏 也叫“前手”，或叫“叮本的”。坐在台口左侧，上方悬堂鼓、手锣（也叫箭子锣）和云锣，右前放干鼓，旁边摆开剧本，怀抱月琴，边弹边唱边表演，包唱大多唱白，并掌握剧情进展快慢。道白或表演时，放下月琴，一手执手锣，一手执鼓尺，边敲边指挥所有乐器。他是演出班子的主体，在最大程度上关系着演出的成败，多由造诣较深

戏台的搭法归纳为顺口溜："七长八短，六块宽板，八页芦苇一卷，六根长绳一挽……"

的全把式担任。说戏的唱腔要求字正腔圆，便于观众进入剧情，但旧时多数艺人连小学都没有读完就开始学艺，有的甚至就是文盲，学戏全凭耳音，边唱边记，经长期耳濡目染，才勉强能读通戏文，甚至达到"吃本"（背诵）的程度。老腔的说戏人多有几本自己的拿手戏或演唱的某种特长。民国时，在华阴农村曾流传着这样的顺口溜："五常的月琴，玉印的声，小六的碌碡成了精（剧名）。"它形象地描述了这几个人的演唱特长。

说戏者具有一人多角色的演唱特点，旧时都由男性担任。革新社时，曾经招收过一批女学员，试着分开角色演唱，但以后并未被艺人沿用。只是到了近年，老腔走向大舞台试演后，才真正有了女角色的登台演出。21世纪初，在老腔梯队的新人培训中，也吸收了一批新的女性说戏者。

签手 也叫“捉签子的”“挑签子的”“拦门的”。坐在台口正中，在他的左右上方各绷一条绳子，上挂剧中皮影人物，以备随时取用，主要操作全场皮影表演、换场、布景、排兵、杀战等，有时还要配合说戏者，做一些简单的对白和助威呐喊。

签手是皮影戏可视形象的操作者，要求有娴熟的表演技巧，善于把握各种不同身份人物的动态特点；通过动作演示，使本来刻板的皮影人物活灵活现，引导观众对皮影人物的生命活态产生情绪联想。这在老腔的一些武打场面中，尤其体现得淋漓尽致。如“马签子”中的动态转换，格斗中的刀枪相交、血肉横飞，好的签手都会表现得惟妙惟肖，不留破绽。

帮档 也叫“坐档”“贴档”或“择签子的”。坐在台子右端，面向亮子，前端置皮影夹子。他的职责是根据剧情进展，提前安排好将要上场的人物和场景等，随时供签手使用，必要时还要协助签手“绕朵子”（即人物上下场）、排兵、对打，帮说戏的呐喊。此外，还要吹喇叭，要操持老腔戏的特殊打击乐器——震木的击拍。帮档不仅要求通熟剧本和音乐节奏，还要有一定的表演技能，这样，才能使演出避免失误，并能帮助老腔取得声威同步的艺术效果。长期从张全生老腔班子演出的陈增礼，就是一个较好的老腔帮档，他老腔皮影造型知识渊博，和他这段艺术经历是分不开的。

后槽 也叫“打后台”“打后槽的”。坐在台子后台板的右端，侧身向左，前上方悬挂着与他正面相向的大勾锣和与勾锣呈九十度角的马锣（也叫战锣）。演奏时左手前击，右手横击，互不干扰。勾锣下平放一圆形垫圈，上置大铙钹，演奏时一手提击铙钹。铙钹旁置梆子（也叫截子）和碗碗（即钟铃）。演奏时左手用小铁棒敲击碗碗，右手上下敲击梆子。唱时敲碗碗、梆子，表演时打勾锣、铙钹、马锣，并在人物上场、行兵、升帐时呐喊助威。好的后槽还要能随机应变，填词插科，增加老腔的表演趣味性。早年的艺人有双泉村的张尚斌（瓦子）、张呆子、张锁劳、百峰等，其后有段村的董中运、红岩村的孟安运等，他们都是知名一时的后槽。

板胡手 俗称“拉胡胡的”，坐在后档左侧。板胡是老腔伴奏和曲牌演奏的主要乐器，它的音色覆盖力较强，对老腔音乐主旋律的形成起着重要作用。板胡手还担负着大、小铙钹的演奏和喇叭（也叫大号）的伴奏，以及配合助威的呐喊声。“文革”前的老腔知名板胡手有义和村的同州、吴村的潘月照，以及双泉村的李芝善、吕家城村的王孝运，稍后有双泉村的李根贤、张四季、张转民和潼关的张安厚等。

“老腔影子”的乐队组成，承袭久远，到了20世纪80年代，老腔艺人王振中为了强化老腔的音乐效果，又增加了一把反调板胡或二胡，提升了老腔的音质音色。

◆ 乐器

老腔有独特的声腔体系，属板腔体剧种。它的弦乐器有月琴（用牛皮弦）和板胡，管乐器有大号两把，打击乐有手锣、铰子、勾锣、铙钹、板鼓、堂鼓、梆子、碗碗等。老腔的板路有二慢板、二流板、紧板、流水板、飞板、哭板、走场子、滚板、拉坡、科子板、花战等十多种。演奏的曲牌有正杆、神仙、金钱吊葫芦等二十余种。唱腔有欢音、苦音之分，亦可根据不同的词格或不同的角色行当，产生许多板式变异和旋律转化，但总的音乐声腔风格趋于悲壮苍凉。

◆ 音乐 唱腔

老腔音乐包括武场（打击）音乐、文场（曲牌）音乐、吟诵音乐和唱腔音乐四个部分。文场音乐的乐器有梆子、震木、钟铃、月琴、板胡，20世纪50年代后有的班社又增加了低音板胡、二胡等。主要用于

华阴老腔部分乐器

文雅细致的表演、道白配合演奏曲牌和唱腔伴奏。武场音乐由干鼓、堂鼓、手锣（又称箭子锣或小锣）、云锣、马锣、大铙、小铙、勾锣、喇叭等乐器组成，主要是奏各种锣鼓札子以招徕观众，制造气氛，增强表演动作的力度和节奏感。人物表演主要由“说戏的”（前手）和操演皮影人物的签手完成。他们两个，一个通过模仿人物的道白、诗引、唱腔等声音展开剧情；另一个通过操纵各种人物表演展开剧情。二者紧密配合，同步进行，如同一人。

武场演奏的打击音乐，贯穿于剧情的始末。开演之前，先演奏一通大型套曲，名曰“开场”，以招徕观众，督促演职人员做好各种准备。开场有好几种，大部分已经失传，目前流行的只有〔桂花城〕和〔十样景〕，即便如此，能完整演奏的人也已为数不多。每一个开场，都由许多单独札子（锣鼓经）连接而成，而这些单独札子的名称大部分已失传，能说全的人已无法找到。开场打完，稍停一时，演出开始，皮影人物多半踏着鼓点，或踩着曲牌节拍上场。

老腔的唱腔要求慷慨激昂、豪迈悲怆，因此女角色唱腔极少。乐器突出使用堂鼓、暴鼓、大锣。“拍板”更是老腔的独有打击乐，只在情绪激化和格斗的场合下使用。“拉坡”是体现老腔剧种的特有声腔板式，对渲染气氛起着重要作用。

华阴老腔音乐的主旋律铿锵高亢，但也有少数的曲牌声腔风趣活泼，体现了其音乐风格的多样性，如流水板和科子板等。

◆ 唱词　板式

老腔的唱词极具地方特色，口语化，非常生动。至于板式，老腔唱腔主要受到陕西的梆子腔影响，音乐结构形式较为多样。

老腔主要的板式包括慢板、流水板、飞板、滚板、拉板、科子板、哭板七种形式，其中主要使用的是慢板和流水板，哭板、飞板和拉板是老腔的特色板式。

慢板多为旦角、生角所用，唱词多为十字句，速度较慢，情绪平稳，擅长抒情。流水板的速度变化大、旋律伸缩性强，节奏灵活、自由，表现力丰富。

哭板是哭诉时的唱腔板式，声调高昂、情绪激愤，有哭喊、哭诉之感。飞板的速度非常快，紧张激烈、豪迈奔放，多用于高潮之处，戏剧性极强，演唱时常用震木、呐喊以助威。拉板，与其说是一种板式，不如说是一种特殊的腔调，往往在流水板、飞板之后出现，即“一人主唱，众人帮腔”，如同旧时船工的拉坡调，多用在剧情的高潮处，造成一种慷慨悲歌的气势，极具特色。

二、秘传剧本

现存的老腔剧本是老腔的文学载体和演唱依据，也是老腔的遗存文物，传承于老腔艺人之间，有着珍贵的戏曲文化和民俗文化价值。

传统的老腔剧本名目繁多，保存下来的有三百多个剧目唱段，这些都是靠手抄本代代相传的。

缘于老腔剧种在文化传播中的保守性和封闭性，长期以来其剧本也只在老腔家族中传承，从不外传，也不轻易示人。在过去，一些外乡外族人为了学到老腔，就得设法搞到剧本，以至于出现了剧本遭盗窃，甚至被劫持的传闻。

据说，张家有一次出远门演出，在黑夜回家的途中，竟被劫持到一座山神庙，由人秘密看管。在扣押期间，逼着他们交出剧本，由几人分头抄写，十多天后，才归还了剧本，把戏班子放回。这种看似蛮横的行为，却在老腔剧史上留下一段“盗艺”的佳话。

老腔剧本

还有一次是在1923年，张玉印患了重病求医无效，偏巧戏迷百勤有个家传秘方，可治玉印的病。治病前他们立下了文约：病好了要借剧本给百勤看。后经几番软磨硬泡，百勤抄录了几本戏，唱起了老腔。老腔剧本经几次外流和失窃，就开始外传了。

由于剧本的外流以及社会文化观念的逐步改变，新中国成立后，老腔剧本始得外传，一些外族人也进入老腔的演艺圈，如当代著名艺人王振中，就是一个外族老腔艺人的典型。

◆ 文本现状

剧本皆为桑皮纸书写，竖行接读，只有断句，没有详细的动态和场景提示，具有明显的说唱词本的特点。老腔剧本是一种民间手抄遗物，而且不少还出于演唱者之手。

由于观众对演唱者只闻其声，不见其人，因此，说戏者不一定要背诵戏文，可以把剧本放在目所能及的位置，以供提示戏词，避免了由于戏文不能娴熟于心使演唱受到影响。由于说戏者注重演出时的实用性，剧本的字号就得大些，开本也要大一些，以便在稍远的距离能看清楚。同时，由于必须经常使用，纸质也要求坚韧耐用，而旧有桑皮纸即具备了这个条件。由于这种文本的物理特点，因此，虽经岁月沧桑，现在一些老腔艺人家里还藏有相当多的手抄剧本，而且大多保存得比较完整。据初步估计，现在分藏于华阴民间艺人家中的旧抄本有二百多本。

老腔剧本主要记述说戏者的唱词和说白，没有人物表和场记。文字只有断句，没有任何场景和人物情绪的提示，具体表演细节靠艺人的口传心授，有明显的说唱词本特点。由于抄写者的文化水平较低，不少艺人从未上学读书，限制了对戏文的理解，因而在传抄中免不了拟声辨字，甚至以讹传讹、将错就错，以致在传承下来的剧本中错误较多，有的句子甚至不堪卒读，这就为剧本的整理带来了困难。当然，也有一些为数不多的抄本，书写水平较高，差错很少，具有一定的书法鉴赏价值，当属其中的善本，大概是出于民间的落魄文人之手。

老腔剧本的藏量丰富，历时也较长，一部分是辛亥革命前的古抄本，但以民国时抄本较多，主要分藏于双泉张氏家族，其他如王振中、王虎印等家族老腔艺人中藏本也不少。一些剧本由于年代较远，经历烟熏手摸，既无封面，也查不到纪年，残缺不堪，实在难以断定其抄写的年代。现存有纪年可考的最早藏本是张全生家乾隆年间手抄本《空城计》，距今有二百七十多年，其他多为辛亥革命以后遗物。由于老腔剧本多代传承，形制古朴，富有文本特点，有些是老腔的独有剧本，因此具有一定的收藏价值。

◆ 多取材于战争和神话

老腔剧本的内容丰富，取材广泛，按照选材取向，大体可分为以下几个类型：

1.历史战争题材

多为列国、西汉、三国、隋唐、五代及水浒、杨家将等民间历史故事，主要剧目有《大报仇》《司马拜台》《献连环》《斩李广》《九纹龙史进》《三打祝家庄》《文王回西岐》《孔明观阵》《柳河川》《走南阳》《张良归山》《三让徐州》《反西凉》《陈平叮本》《苟家滩》《战樊城》《渭河战曹》《反大同》《逼霸王》《取明都》等，一些历史上的典型战争如“赤壁之战”“垓下之战”“夷陵之战”“官渡之战”等，都在老腔剧本中有所体现。由于历史战争题材的史实性，会给人们带来历史的厚重感，具有壮烈的悲剧色彩，也最能体现老腔激扬、亢奋的主旋律，因而，历史战争题材是老腔剧本的主流，也是传统遗风所在。

2.神话传闻题材

多取材于神话古典小说，如《西游记》《东游记》《封神演义》《搜神记》及一些地方民间传说，主要剧目有《八仙过海》《马灵官》《碧游宫》《火化殷洪》《四圣归天》《收火马》《如意壶》《三打白骨精》《大闹天宫》《孙武子过江》《无量成圣》《收四魔》《收金狮》《孙膑坐洞》《金鸡岭》《杨公圣挂帅》《渑池关》《哪吒闹海》《观音堂》《黄河阵》《韩湘子探母》《碌碡成精》《劈山救母》《回心石》等。这些剧本具有情节夸张、手法浪漫的艺术特点，给人以虚幻、诡异的神话意境和思绪驰骋的精神空间。由于皮影戏在空间表演上的灵活多变优势，它可以上天入地、腾云驾雾、移山倒海、呼风唤雨，加上灯光的助力和皮影操作技巧的巧妙运用，可产生其他剧种所难以达到的视觉效果，从而使神话情节得以自由地展示。

3.社会生活题材

主要反映一些非历史事件的社会生活或人们的日常生活，其中一部分是其他剧种剧本的移植，主要剧目有《搬窑》《鞭打芦花》《十八姐拜寿》《女书记》《血泪仇》《三世仇》《刘胡兰》《杜鹃山》《红嫂》《阎王债》《花木兰》《杭州卖药》《杨立本告状》《秃子尿床》《狗拉牌位子》《卖酒》《夸女婿》《新媳妇》《老顶嘴》《王迷眼办亲》《人之初》《跑麦车》《一家人》《白毛女》《红色娘子军》《红灯记》《红灯照》《沙家浜》《杜鹃山》《智取威虎山》《挖蔓菁》《演出前的风波》《查田定产》《捉特务》《深翻地》《戳破纸老虎》《摔铙钹》等。这些剧目一部分是传统剧目，一部分是在历次社会运动中的文化产物。21世纪初，为了适应新时期文化市场的需要，创编了一些情景老腔剧目，如《关中古歌》《故土乡韵》《劝孝歌》等，使老腔从皮影灯幕后走上了大舞台。

◆ 剧目

老腔的传统剧目十分丰富，从清乾隆年间一直到1949年，张家都有手抄剧本留传，其中以民国时期的为多。历史战争题材是其主体，富有地方风情的生活小品属于非整本的折子戏。下面记述一些常演的传统古典剧和1949年后移植创编的剧目。

1.传统的古典剧目（以剧目首字笔画数分类，下同）：

二画：《二反良城》　《八仙过海》　《九纹龙史进》

三画：《三打祝家庄》　《三战吕布》　《三让徐州》　《三气周

瑜》 《三视洛阳》 《下南唐》 《大报仇》 《大征南》 《马灵官》 《万历王吊孝》

四画：《文王回西岐》 《五龙阵》 《火化殷洪》 《火烧汉阳》 《火化五凤楼》 《火烧战船》 《反大同》 《瓦口关》 《五路伐蜀》 《反西凉》 《反平凉》 《五虎投唐》 《长坂坡》

五画：《打台城》 《司马拜台》 《打回羌白》 《四圣归天》 《汉阳院》 《出五关》

六画：《关羽赔情》 《西游记》 《观阵》 《收殷蛟》 《收四魔》 《收火马》 《伐金陵》 《收金狮》 《收火龙》 《伍员过江》 《孙武子过江》 《孙膑坐洞》 《如意壶》 《访永宁》 《托肠救主》

七画：《走南阳》 《汴京解围》 《陈平叮本》 《吴立中托梦》 《张良归山》 《苏护进妲己》 《沧州抢亲》 《杨唐钻布袋》 《杨公圣收金童》

八画：《金鸡岭》 《斩余元》 《斩余洪》 《取荆州》 《取南郡》 《取西川》 《取四郡》 《取天水》 《定军山》 《武帝征嵇安》 《罗通扫北》 《取中山》 《武观音堂》 《玩琼花》 《空城计》 《荀家滩》 《闹天宫》

九画：《临潼斗宝》 《战昆阳》 《战冀州》 《哪吒闹海》 《战宛城》 《绝龙岭》 《柳河川》 《信都》

十画：《破黄巢》 《借赵云》 《粉红江》 《破高关》 《烙碗计》

十一画：《黄飞虎反出五关》 《渑池关》 《黄河阵》 《铜台解围》

十二画：《逼霸王》 《敬德投唐》 《锁阳关》 《渭河战曹》

《彭杨子拜寿》　《惠风扇》　《葫芦峪》

十三画：《献连环》　《搬窖》　《碌碡成精》

十四画：《翠花宫》

十五画：《摩天岭》

十六画：《薛仁贵征东》　《薛丁山征西》

十八画：《鞭打芦花絮》

2.移植与改编的古典剧目

二画：《二姐娃做梦》

三画：《三打白骨精》　《小刀会》

四画：《天台山》

五画：《白门楼》

六画：《红灯照》　《回心石》

七画：《陈洪逼宫》　《花木兰》

八画：《斩李广》　《取明州》　《卖药》　《卖酒》　《金沙滩》

十画：《皋天宫》

十二画：《隔门贤》　《逼上梁山》

3.移植改编的现代剧目

一画：《一家人》

二画：《人之初》　《十八姐拜寿》　《十学大寨》　《十八难》《十枝花》

三画：《三世仇》　《女书记》　《大家喜欢》　《小顶嘴》

四画：《五谷丰登》　《王迷眼办亲》

五画：《白毛女》

六画：《红色种子》　《刘胡兰》　《红色娘子军》　《血泪仇》《交公粮》　《老顶嘴》　《夸女婿》

七画：《李大妈参加选举》 《杜鹃山》 《沙家浜》 《芦荡火种》 《杨立本告状》 《沪宁惨案》

八画：《青龙阵》 《狗拉牌位子》

九画：《修蒲库》

十画：《破羌白》

十一画：《黄龙山起义》 《深翻地》 《阎王债》

十二画：《智取威虎山》 《跑麦车》 《董烂子卖他妈》

十三画：《蒲库降龙》 《新媳妇》

十四画：《演出前的风波》 《摔铙钹》

十八画：《戳破纸老虎》

新中国成立后，虽然创作了《交公粮》《白毛女》《十学大寨》等以现代生活为内容的剧本唱段，但数量仍极为有限。

◆ 语言修辞

1.戏文词格

老腔的戏文词格与其他民间传统剧大体相同，分韵文和非韵文两类。韵文还可分为韵白和唱词两类。

韵白，即有韵的说白，基本有以下两种。

第一种，引子。也叫对子，其中又可分为上场对子和下场对子两种，多用于人物的上下场韵白，以刻画人物的心理活动和场景气氛；由上下两句组成，一般每句五字，有一定的对仗关系。如《延安祈雨》中唐王的上场引子：

殿前珊瑚树，殿后翠花宫。

第二种，诗。多为七言组成的绝句，应用范围较广，有作开场引子的，有抒发人物内心情感的，有描写人物气质行为的，也有概括故事内容或评论事态结局的。如《西凉遇马超》中曹操的上场诗：

威震金关压诸侯，朝堂任我作威福。弩如秋霜洗雨露，进退存亡尽在吾。

又如《苟家滩》中晋王的上场诗：

胸中豪气贯日月，斩将夺旗建功业。八方群寇谁敢惹，自恨两鬓白似雪。

唱词，即配合乐律演唱的有韵戏文。多以上下句为一联，每段由四句或六句组成，每句的字数有五字或七字两种，其节奏为：

五字式：2+2+1格式。如《薛仁贵征东》中的唱词：

头戴束发冠，身穿玉连环。胸前狮子扣，腰中挎龙泉。

七字式：3+2+2格式。如《苟家滩》中王彦章的唱词：

王彦章怒气冲冲，赫连铎遇吾丧生。大梁王真龙出现，大将军八面威风。

七字式：2+2+3格式。如《空城计》中的唱词：

岐山用兵心胆寒，可怜众将丧黄泉。羌胡兵逃如鼠窜，怎不叫人心痛酸。

八字式：3+2+3格式。如《金桥观景》中的唱词：

这一旁竹林七贤画，那一旁芳菊会兰亭；这一旁江夏宴吴进，那一旁曲水饮刘伶。

十字式：3+3+4格式。如《五虎投唐》中的唱词：

程咬金宣花斧用手举起，叫一声薛万海逃向哪里！薛万海三尖刀迎面对砍，叫一声程咬金我是对头。

混合式：表现为七字与十字混用。如《小商河》中的唱词：

头戴金盔映山川，身穿金甲玉连环。坐一匹四蹄点雪火龙驹，手拿着铁杆鏊金虎头枪。飞马直至金营外，轰轰烈烈杀一场。

此外，还有种叫攒字式的格式。如《李靖点星》中的唱词：

先点那，三十六天罡、七十二地煞、九曜星官、十二天神、卷帘大将、天蓬将军、南斗六星、北斗七星；再点这，一罗侯、二地煞、三金星、四太阳、五火星、六水星、七继八代九目星；天连星、地连星、日月二极黄连星；文曲星、武曲星、天喜星、红喜星、北斗宫还有紫微星。把众家星表齐点起，要擒江底作怪精。

非韵文主要用于自白和对白。

自白多用于人物身份介绍。如《空城计》中魏王的上场白：

寡人谯郡人氏，曹嵩之后曹孟德之孙，父文帝曹丕，朕乃曹睿，字元仲，天政年号，太和元年立帝，号魏，明帝登基。

对白用于剧中人物互相交流思想。如《天水关》中姜维与马遵一段对白：

姜维：　元帅，此是蜀兵诈信，来骗哄将军出关。

马遵：　姜伯约如何知之？

姜维：　元帅，我闻诸葛亮杀得夏侯驸马闭关不出，军卒怎得出城？况且安定又无报马，元帅不可深信。

这些自白或对白一般不讲究声韵，但为了加强语境气氛，有时也带有一定声韵。如《破洪州》中穆桂英与杨宗保的对白：

穆桂英：　先行先行，苦如钎针。

杨宗保：　逢山开路，遇水架桥。

穆桂英：　一颗元戎印。

杨宗保：　本是镇国宝。

穆桂英：　落于夫妻手。

杨宗保：　要把烟尘扫。

穆桂英： 赐你一道令。

杨宗保： 当先探分晓。

2.戏文修辞

老腔剧本的戏文修辞和语言有以下特点：

（1）修辞的古典性。老腔剧本大多取材于古典小说，不少地方都大量借用了原著的用语。如《空城计》中诸葛亮骂王朗的一段道白：

岂不闻昔日桓、灵微弱，汉统陵替，国乱贼兴，四方扰攘。段珪纵横于平津，凶恶又生于朝野；天方剿戮，四寇又兴，迁劫汉帝于闾阁之间，残暴生民于沟壑之内。因庙堂之上，尽是朽木为官，殿陛之间，禽兽食禄，狼心狗肺之辈，滚滚当道。那些奴颜婢膝之徒，纷纷秉政，以致社稷丘墟，苍生涂炭。王朗吾素知汝：世居东海之滨，初举孝廉入仕，理合匡君辅国，安汉兴刘，为何反助逆贼，同谋篡位？尔今罪恶深重，就是天地间倾国之贼，人人恨食汝肉，今日有吾尚在，乃天不绝炎汉也。吾诸葛亮奉诏讨贼，仗义兴师，尔乃奸佞之臣，还不潜心缩首，可当咫尺间投水而死，即死九泉，有何面目见二十四帝于地下乎！

又如《定军山》中杨修对曹操的一段道白：

黄绢乃颜色之丝也：色傍加丝，是绝字；幼妇者，少女也，女傍少字，是妙字；外孙乃女之子也：女傍子字，是好字；齑臼乃受五辛之器也：受傍辛字，是辤字。总而言之，是绝妙好辞四字。此是伯喈赞美邯郸，春后之文，绝妙好辞也。

又如《罗成征南》中罗成的一段道白：

岂不闻古之欲明明德于天下者，先治其国；欲治其国者，先齐其家；欲齐其家者，先修其身；其身正，不令而行，其身不正，虽令不从。

这些半文言的道白使人听之如温古籍，为老腔的戏曲语言于豪犷中增添了几分典雅和隽永。

（2）修辞的叙事性。老腔的剧本语言风格偏重于铺陈叙事，其抒情性相对较为淡化。这是因为它依附的故事多为波澜壮阔的历史事件，除近代编写和移植的一些生活题材剧本外，很少有含情脉脉的抒情场面。这就使它的戏文更具有交代和开展情节的说唱性特点。

例如《延安祈雨》中唐王的唱词：

喜的是北方平定，来时搬兵回长安。
唐王赏军且莫表，再说延安众百姓。

这显然是为了向观众交代情节的说书人语言。

再如《借赵云》中的唱词：

翼德披挂怒胸膛，手中握定丈八枪。
此去定要灭贼党，救民为国除祸殃。
翼德当先开了路，关某随后登战场。

太史慈上马催众将，玄德公率众坐团营。
金鼓齐鸣铜锣响，旌旗纷纷遮太阳。

类似的还有《天水关》中的唱词：

关兴当先开了路，张苞提枪随后行。
王平披挂为后应，马岱催军怎敢停。
高祥不敢违军令，张义急急掠后营。
魏延上了追风兽，闪上元戎一卧龙。

这显然是对军容和行军场面的描写，而不像是剧中人的陈述。同时老腔叙事，都很追求故事的完整性，铺陈直说，很少见有暗场处理情节的手法。主要人物的身世，都要通过剧中人的自白向观众交代清楚。

（3）修辞的程式性。在老腔皮影戏演唱中往往有一些习惯性程式化语言，常在剧情的某些特定语境中套用。

句尾助词。如《苟家滩》王彦章的道白：

众将官，大喊一声，努力闯营，待吾先擒李善来！

再如《破洪州》柏天佐道白：

小番！随我骂阵来！

“来”的语尾词表示一个动作开始，有使动作用。

习惯用语。如行军路上和对阵时的一些套语：

喝令一声人马动，摇旗呐喊好威风。一路上公买要公卖，莫要骚扰好百姓。哪个胆大犯吾令，三尺宝剑不留情。正是人马往前行，忽听军人报一声。列开旗门，走开马来！

来将何名？休走，看枪！军令一声震山川，人披铠甲马上鞍。大小三军齐呐喊，天斜地动鬼神寒。

又如某些帝王的上场诗：

为王登殿鸣金钟，宫女掌扇开芙蓉。太平天子朝元日，五色云中驾六龙。

再如剧终多以赴宴收场。例如《罗通扫北》的收场：

唐太宗今冤已报，请随父到宴上。

又如《傲天关》的收场：

穆桂英歇兵三日，奏凯还朝，众将同赴宴上。

这些例证都可以看到老腔戏中用语的某些程式化倾向。老腔的戏文修辞除了上述特点外，还有演义性、民俗性、粗犷性以及文本的封闭性等特点。

三、戏班传承谱系

老腔从它剧种的形成到发展成熟，再到繁荣复苏，一直传承在三河口的双泉村，张氏家族则是传承世家。后来由于剧本和演艺的外传，另有外族门派的兴起，但始终还保持着张氏家族在老腔传承中的主导和主流地位。其早年的传承谱系已无可靠文字记载，只能从对艺人的走访中追溯到道光年间。

◆ 张喜民戏班谱系

1.班首张喜民

张喜民，男，1947年出生于陕西华阴双泉村。1962年师从本村老腔艺人张尚坤学习老腔，同年开始跟戏班演出。1980年成立了自己的老腔班社喜民班。几十年来，喜民班社的五位艺人足迹遍布秦、晋、豫一带，其后由于现代文化的冲击，喜民班社的演出渐趋冷落。2002年后在政府和文化部门的大力支持下，张喜民调整了班社，恢复了演出，并多次参加省市区民间艺术会演，屡获大奖。2004年应邀赴北京、深圳、珠海、西安等地演出。学者金庸，作曲家赵季平，作家陈忠实、从维熙等观看了喜民班社的老腔皮影后都为之震撼，并欣然题词。2004年起，喜民班社还多次承担华山旅游总公司的外事接待演出任务。中央电视台、陕西电视台、香港卫视等多次做过报道。

张喜民的演唱音正腔圆，演艺精熟，是目前华阴老腔皮影的中坚力量。

2.传承谱系

代别	姓名	性别	出生年份	传承方式	学艺时间	居住地址
第一代	张　闷	男	不详	师传	不详	华阴双泉村
第二代	张　规	男	1835 年	师传	不详	华阴双泉村
第三代	张　坤	男	1846 年	师传	不详	华阴双泉村
第四代	张怀玺	男	1852 年	师传	不详	华阴双泉村

（续表）

代别	姓名	性别	出生年份	传承方式	学艺时间	居住地址
第五代	张尚财	男	1880 年	师传	不详	华阴双泉村
第六代	张尚坤	男	1864 年	师传	不详	华阴双泉村
第七代	张五常	男	1901 年	师传	不详	华阴双泉村
第八代	张玉印	男	1902 年	师传	不详	华阴双泉村
第九代	李芝善	男	1913 年	师传	不详	华阴双泉村
第十代	张喜民	男	1947 年	师传	1962 年	华阴双泉村
第十一代	张　猛	男	1995 年	师传	2006 年	华阴双泉村

◆ 张军民戏班谱系

1.班首张军民

张军民，男，1950年出生于陕西华阴双泉村。1981年师从张志英学习老腔。1982年始跟随班社常年在乡下演出。1985年成立了自己的班社（军民班），多次为日本、新加坡、韩国、法国等外国友人演出。1989年授艺于其子张东刚。

2.传承谱系

代别	姓名	性别	出生年份	传承方式	学艺时间	居住地址
第一代	张　兴	男	1820 年	师传	不详	华阴双泉村
第二代	张小六	男	1856 年	师传	不详	华阴双泉村
第三代	张志英	男	1913 年	师传	不详	华阴双泉村
第四代	侯德娃	男	1932 年	师传	1942 年	潼关公庄村
第五代	张军民	男	1950 年	师传	1981 年	华阴双泉村
第六代	张东刚	男	1976 年	师传	1989 年	华阴双泉村
第七代	张　哲	男	1998 年	师传	2004 年	华阴双泉村

◆ 张新民戏班谱系

1.班首张新民

张新民，男，1956年生于陕西华阴双泉村。1968年师从父亲张全生学习老腔，随后一直跟随父亲在乡下巡回演出。1990年张全生去世后，张新民继承了父亲的班社。2000年、2001年，应西安音乐学院、西安美术学院邀请演出老腔皮影。

张新民不但基本继承了父亲的演唱传统，还悉心收藏了大量的手抄剧本，其中最早的是乾隆年间剧本，弥足珍贵。

2.传承谱系

代别	姓名	性别	出生年份	传承方式	学艺时间	居住地址
第一代	张　某	男	不详	师传	不详	华阴双泉村
第二代	张兴盛	男	1840 年	师传	1861 年	华阴双泉村
第三代	张怀英	男	1853 年	师传	不详	华阴双泉村
第四代	张景坤	男	1890 年	师传	不详	华阴双泉村
第五代	张全生	男	1916 年	师传	1925 年	华阴双泉村
第六代	张新民	男	1956 年	师传	1965 年	华阴双泉村
第七代	张增来	男	1984 年	师传	1992 年	华阴双泉村

◆ 张四季传承谱系（后槽）

1.张四季

张四季，男，1949年生于陕西华阴双泉村。1962年师从张锁劳学习老腔。“文革”后，老腔艺术恢复演出后一直跟随张喜民班社演出，主打后槽。

2.传承谱系

代别	姓名	性别	出生年月	传承方式	学艺时间	居住地址
第一代	张锁劳	男	1906 年	师传	1921 年	华阴双泉村
第二代	张四季	男	1949 年	师传	1962 年	华阴双泉村
第三代	张腾飞	男	2001 年	师传	2005 年	华阴双泉村

◆ 王振中戏班谱系

1.班首王振中

王振中，艺名王白毛，男，1937年出生于陕西华阴南寨村。1956年师从民间艺人吕孝安学习老腔。1962年自立班社，活跃在县境内外。其声腔豪放、激昂，深受人们欢迎。

王振中还精于乐理，亦可编剧，曾提出老腔革新的设想，是民间艺术的怪杰。20世纪90年代曾多次参加了电影配乐，还授艺于葛优、陈道明等电影演员。2004年，在文化部门的支持下，老腔戏焕发生机，王振中虽年逾七十，壮心不已，带徒授艺，为老腔戏的中兴贡献余热。

2.传承谱系

代别	姓名	性别	出生年份	传承方式	学艺时间	居住地址
第一代	吕孝安	男	1918 年	师传	1933 年	华阴吕家城村
第二代	王振中	男	1937 年	师传	1956 年	华阴南寨村
第三代	王权稳	男	1950 年	师传	1971 年	华阴华山城子村
	刘西仓	男	1951 年	师传	1968 年	华阴南寨村
	王合理	男	1954 年	师传	1969 年	华阴南寨村
	张复元	男	1955 年	师传	1968 年	华阴南寨村
	李桂珍	女	1964 年	师传	2000 年	华阴南寨村

◆ 陈增礼传承谱系（帮档兼皮影雕刻）

1.陈增礼

陈增礼，男，1932年出生于陕西华阴北霄堡村。他一生热爱皮影艺术，幼时曾以硬纸仿雕皮影，售于集市。新中国成立之初，在西安建筑队工作时，西安美院聘请艺人雕刻皮影作品《文成公主进藏》，陈增礼常来观看，颇受教益，遂自备刀具，手摹心随，基本掌握了皮影雕刻技术。不久，他离厂回乡，师从吕孝安学习老腔，从此走上了皮影演唱生涯，但多担任“帮档”，不说戏领班。数十年的“帮档”实践，使他积累了有关皮影资料的丰富知识，他可以绘制出数以千计的皮影图谱。陕西省艺术馆、中国美术馆等艺术部门邀请他参与了馆藏皮影的整理工作，他还参与了洛川地区和山西省皮影对外交流的筹备工作。2005年6月，应邀出席了全国著名民间艺人座谈会，被文化部授予“民间艺术研究员”称号。

陈增礼不但精于皮影雕刻工艺，组织了家庭皮影雕刻社，还善于画皮影画，他的皮影画长卷蜚声省内外，为人们争相收藏。

2.传承谱系

代别	姓名	性别	出生年月	传承方式	学艺时间	居住地址
第一代	张小六	男	1856 年	师传	不详	华阴双泉村
第二代	吕孝安	男	1918 年	师传	1933 年	华阴吕家城村
第三代	李计柱	男	1920 年	师传	1940 年	华阴岳东村
第四代	陈增礼	男	1932 年	师传	1946 年	华阴北霄堡
第五代	陈进朝	男	1960 年	师传	1978 年	华阴北霄堡
	陈艺文	男	1965 年	师传	1978 年	华阴北霄堡
	李福平	男	1966 年	师传	1984 年	华阴楼底村
	严必荣	男	1968 年	师传	1984 年	华阴严家村

（续表）

代别	姓名	性别	出生年月	传承方式	学艺时间	居住地址
第六代	杨宽平	男	1970 年	师传	1986 年	华阴楼底村
	杨清毅	男	1982 年	师传	2003 年	华阴楼底村
	陈　习	男	1984 年	师传	1999 年	华阴北霄堡
	王　辉	男	1985 年	师传	2002 年	华阴西王村
	迪卫东	男	1986 年	师传	2003 年	华阴迪家村
	李林	男	1987 年	师传	2003 年	华阴岳东村

华阴老腔的外族传人，除王振中谱系外，还有西乡的董满囤，兴洛坊村的秦平娃、闫百勤，王家河村的李永青、李法浪、王自修，仿车村的万江志、姚乾，城南村的郭龙、郭增坤、杨宽厚、屈宽玉、王善，

蒲城县党睦乡老腔皮影队

后排左起：曹利民、吝西祥、唐苏谋　前排左起：李希寿、何甲录、李恩柱

董家城村的任麦茬、任安华、董双原、任狗娃，延家城的张定华、田先生（名字不详），西王村的王虎亭、王发旺，华山村的王全稳，竹峪口村的李三虎等。此外，在蒲城也曾有过分散的老腔艺人在民间活动。其中蒲城县党睦乡老腔皮影队的艺人分别为：签手何甲录、说戏曹利民、后槽李希寿等。他们的原籍为华阴五方大城村，曾在程火快皮影班社学艺，1965年迁入党睦乡。

四、艺人春秋

华阴老腔在漫长的演唱活动中，不断提升自身的艺术表现力，各个历史时期，涌现了一批颇有影响的老腔艺人。

早些时期的老腔艺人艺事，并无可靠的资料可查。从双泉村民间的传闻中，最早只能追溯到道光年间。当时有个老腔艺人叫张闷。据说他的祖父就领一个老腔班子，享誉乡里。他家留有明时的箱底子，可见其家世的传承应该更早。张闷少时已才艺出众，后来就承接了祖父的戏班子。由于他的唱腔铿锵有力、顿挫有致，颇受观众青睐，因而在当时的民间就流传着“闷儿的影子板板硬”的俚语。

张怀英

光绪年间，著名的老腔艺人有张坤等，稍后又有张怀英、张小六等，他们都有各自的演艺优势和拿手剧目。张怀英唱腔气势恢宏，一开腔便能先声夺人，人称“吓死娃”。他除了老腔，还能唱时腔（碗碗腔），故绰号又为“双下索”。其戏班的组成为板胡百峰、后槽张锁劳、签手张扁儿、帮档张能猴。张小六天赋较高，并有一定的文化素养。他的唱腔多变，善于吸收诸剧之长，亦能移植剧种，改编剧本。他戏路较宽，除了传统的老腔正剧，还唱一些怪戏、耍戏，号称“天外戏”。其戏班的板胡手为李济州，后槽为张呆子（后为张榜榜），签手为张坤堂（后为张天恩），帮档由张小六自兼。其中张天恩任签手时，因能掌戏，故于父亲张小六死后，掌管戏班做了班主。

民国末年，华阴老腔盛况空前，群星灿烂。张五常、张玉印、张锁劳、张志英、张全生、张奉军、任浪渔、吕孝安等都是这一时期的主要艺人，后起的老腔艺人有王振中、张喜民、张军民等。

◆ 张五常（1901—1952）

华阴双泉村人。他生得身材魁梧，嗓音浑厚洪亮，先天的优势成就了他的艺术生涯。由于天资较高，他十多岁就入了戏班，长于净角和须生戏。其父张坤，是名冠“二华”、潼关的老腔艺人。因苦于艺人的卑微身世，父亲开始并不愿意张五常学戏，而是送他到私塾读书。但张五常偏不喜读书，对老腔却是情有独钟，经常“偷经学艺”，操琴练唱，竟暗地学会了一些唱段。有一次，其父晚上回家，偶尔听到屋里雄浑入耳的唱腔，竟驻足听了起来，频频点头。当得知这是小五常偷艺的成果时，这才改变主意，开始支持张五常从班学艺。张五常因悟性较高，勤于艺事，十八岁就能登台说戏，演、唱、奏都很出色，不几年就出了名。

张五常经常演唱的戏有五十多本。其中最为观众叫好的剧目有《下南唐》《出五关》《柳河川》《借赵云》《取西川》《反平凉》《走南阳》《五虎投唐》《长坂坡》《访永宁》《敬德投唐》《收姜维》《定军山》《临潼会》《黄飞虎反五关》《取四郡》《汜水关》《薛仁贵征东》《薛丁山征西》《罗通扫北》《反延安》《西凉遇马超》《五牛分尸》《金鸡岭》《孙武子过江》《四圣归天》《取南郡》等三十多本戏。

张五常的唱腔既有高亢雄豪的音质，又具有悠扬委婉的旋律，能使观众得到较高层次的艺术享受，特别是他能抓住剧中人物的情绪变化，运用不同的演唱方式，充分表达出人物的性格特征和精神面貌，做到声情并茂，感人至深。例如他在演唱《下南唐》中的《刘金定观星》一折戏时，唱词清晰，激情四射，旋律多变，情感细腻，把刘金定这一巾帼英雄的思想情绪表现得淋漓尽致，给观众以无穷的回味。再如他演唱的《出五关》，音腔沉雄豪迈，庄重深沉，活脱脱给人留下了一个关公再世的艺术形象。当时的华阴乡间，许多人都能模仿他的声腔，唱出“慢慢地睁开丹凤眼，一见三弟气不平”一段戏文。再如在《访永宁》中，与姑娘花园相会一场，表现得情真意切；在《借赵云》中对白的节奏明快等。这些都反映了张五常在老腔唱艺上的深厚功力和他在做戏上的综合艺术修养。

◆ 张玉印（1902—1950）

华阴双泉村人，老腔名艺人。他中等身材，面目清俊，却秉性豪强，人们取他的单字称“印”。他是著名老腔艺人张坤的嫡孙，父亲张猪儿是当时享有盛名的签手。从懂事时起，玉印就随长辈出外演唱。他敏而好学，加上那与生俱来的洪亮嗓子，一开口就赢得了父辈的赞赏。由于父辈弟兄二门只守他一子，视其若掌上明珠，娇惯放纵，任其所好，但在学艺上却给予严格训导。为了

张玉印

让玉印学好戏，父亲专门为他在自家上房搭了个灯影戏台，一有空就撑开亮子，亲自传艺，甚至安排专人送饭到台上，生怕荒废了他一刻时间。功夫不负有心人，不到半年，十三岁的张玉印就能独自登台说戏了。由于他先天的资质，一登台就唱红了华阴一带。

张玉印可演四十多本戏，其中最受观众赞赏的戏有《访永宁》《长坂坡》《出五关》《薛仁贵征东》《走南阳》《反平凉》《收姜维》《取南郡》《取西川》《东吴大报仇》《收五王》《薛刚征南》《罗通扫北》《敬德投唐》《八仙过海》《无量成圣》《马灵官》《收张奎》《临潼会》《反延安》《三让徐州》《柳河川》《收火马》等三十多本戏。

通过三十多年的演唱实践，张玉印不但在华阴人人皆知，而且誉满秦、晋、豫三省。他的演唱充分发挥了老腔戏“激昂慷慨、高亢悲壮”的老传统，听之声若洪钟，响似惊雷。他还深钻细研，依据剧中人物情感的变化，选用恰当的演唱方式，把戏演得活灵活现，使观众如临其境，产生强烈的共鸣。他生旦净丑诸角色均演唱出色，很受人们欢迎。特别是他能抓住每本戏的高潮，拼尽全力，吐字清晰，声音洪亮，竟能声传五里，给观众留下深刻印象，并使同行望尘莫及，感叹不已。他的演唱字正腔圆，并善于表现不同的角色身份和人物性格，生旦净丑、贤愚忠奸都能表现得活灵活现。如他在唱《长坂坡》曹操点将时的道白，声如击节，铿锵凌厉，气势磅礴。在《薛仁贵征东》中，唱得激情澎湃，苍凉悲壮，引人喝彩。当时不少人都能模仿唱出其中的代表性唱段：“明月好比薛仁贵，乌云好比尉迟恭。我这里悠悠荡荡往上起，你那里黑云压顶将咱蒙。盼只盼风吹浮云散，方显明月照当空。有一日天子重用我，先斩兴唐尉迟恭。”

此外，张玉印还有许多表演绝技，令人叹为观止。如《收火马》

《黑猪攻天河》《狮子吐八宝》《五鬼闹判》《魁星点状元》《耍社火》《火焰山》中“暗灯”手法的运用，使人产生一种妖怪出没、变幻无穷的心理感受，大大强化了剧中特定的意境氛围。

◆ 张锁劳（1906—1988）

张锁劳

华阴双泉村人，老腔名艺人。1921年，拜叔父张怀英为师，学唱老腔。三年后出师，开山戏为《走南阳》《反延安》《收姜维》等。他音高气足，嗓音洪亮，以唱生旦戏为长，颇受群众欢迎。他常演出的剧目有《斩华雄》《长坂坡》《收张奎》《无量成圣》《罗通扫北》《访永宁》《金鸡岭》《黄河阵》《伍子胥过江》等五十余本，其中能背过的“吃本戏”就有二十余本。曾到渭南、蒲城及山西永济等地演出。1956年，参加陕西省民间皮影艺术调演，荣获三等奖。

1930年，他嗓子坏了后，开始打后槽，先后给师父张怀英，徒弟马娃、张玉印、张全生等打后槽。他打后槽节奏准确，速度变化自然，各种曲牌应用恰当，能包戏，哪里曲牌用错了，速度不准了，唱词说错了，忘记了，他都能上答下问，及时给予纠正和挽救。

张锁劳为人厚道，跟谁都能合作，对艺术精益求精，除了挑签子，样样精通。他传艺认真，耐心细致，从不保守，所教徒弟有马娃、张喜民、张转民，以及儿子张四季等，为老腔的传承和发展做出了自己的贡献。

张志英

◆ 张志英（1913—1972）

又名“良娃”，华阴双泉村人，老腔名艺人。他幼时丧母，家境贫寒，衣衫褴褛，食不果腹。迫于生计，很小就在村中老腔班社做些杂务。因天资聪颖，勤奋好学，加之耳濡目染，竟能吟唱一二，被老腔艺人张小六看中。1923年，他正式拜张小六为师学唱老腔。张小六认真教，他认真学，不出五年，即出师随班外出演出，并一鸣惊人。他唱的《罗通扫北》《刘金定下南唐》《借赵云》《访永宁》，嗓音洪亮，吐字清晰，腔调激昂，引人喝彩。随着外出演出锻炼次数的增多，他的演唱才艺得到不断提升。通过多次接触，张尚斌、张五常兄弟看中了他的演唱潜能，就叫他跟随他们的班社学唱老腔。他是张五常的首位徒弟，得到了张五常的悉心传授，演唱风格与五常颇似，人称“第二五常”。民国时期，他一直跟随张五常他们搭班演唱，除了唱老腔，他对挑签子、打后槽、帮档等也很在行。他生旦戏唱得特别出色，沉稳洪亮的嗓音，在夜静时能传五里远，这为他赢得了“大声”的美名。他待人热诚，对自己所有的才艺从不保留，早前的老腔艺人张奉军、任浪渔、吕孝安都曾上门拜他为师，跟他学过老腔演唱艺术。

他一生能唱四十余本戏，尤其擅长唱《罗通扫北》《下南唐》《柳河川》《借赵云》《取西川》《访永宁》《长坂坡》《敬德投唐》《收五虎》《孙武子过江》等。新中国成立后，他组织了老腔演出班社，班社名称为“良娃班”，班社中的签手为张贵生，后槽为张耀贤，板胡手为李芝善，帮档为张天恩。“文革”期间，鉴于老腔戏箱被收缴毁坏的情况，他以村革委会主任身份，劝导张全生等人积极应对，保留和拯救了一些珍贵剧本和皮影，为改革开放后老腔的复苏做出了积极贡献。

◆ 李芝善（1913—1986）

华阴双泉村人，著名板胡手。从小爱到张家看戏，学了不少知识，被张小六看中。十六岁随张小六学艺，十八岁出师拉板胡，先后给张小六、张五常、张全生等搭班演出。

1949年，新生社成立，李芝善曾任社长，多次参加省、地民间文艺调演，荣获陕西省民间文艺调演二等奖。1957年，任移民工作宣传队队长，带老腔皮影社到宁夏银川一带为移民和当地群众演出（侯德娃主唱）。1964年，回到华阴收张喜民、李月明、李根贤、张转民为徒，教授老腔技艺。李芝善曾到渭南、西安及山西永济、河南灵宝等地演出。所演奏板胡韵味浓厚，淳朴深沉，深得当时艺人及群众的赞誉。李芝善对老腔的继承和传播做出了一定的贡献。

◆ 张全生（1916—1998）

华阴双泉村人，老腔名艺人。他是新中国成立前后这一历史时期张氏老腔世家的代表人物，也是老腔传统演艺阵地最后的守望者。他的嗓音洪亮，底气十足，行腔规范，套路娴熟，在六十多年的老腔演艺生涯中，凭着极具天赋的嗓音、宽阔的戏路和具有深厚文化底蕴的剧目，唱红了秦东晋西，为张氏老腔世家争得了风光。

张全生的曾祖父张兴、祖父张怀英都领过老腔班子。“新兴堂”就是他家的老班名。他的高祖父、太祖父都曾唱老腔皮影戏。他家藏有民国时手抄老腔戏一百多本，其中百分之七十是古旧剧本，最早的还有乾

张全生及他获赠的“老腔正宗”锦旗

隆十年（1745）的藏本。那些丢了封皮扉页，残缺不全、破旧不堪的剧本，可能更早些。他领的家族班社，赓续老腔精华，与张五常、张玉印是同宗，鼎峙齐名。儿子张新民给他当签手，开始说戏。

张全生十岁多就辍了学，先跟祖父张怀英学戏，再跟父亲张景坤学艺。由于读书不多，不懂戏文，全靠人逐句地教。他心领神会，甚至在梦中还念叨着戏文。由于勤奋，不几年就拿下了几本折子戏，十三四岁就学会了四五本戏，随后就代父亲挑起了班子的大梁。父亲为他挑签子。十四岁那年，张玉印给祖父“脱服”，请了两班子灯影唱对台，一台是张全生，一台是大名鼎鼎的时腔艺人史长才。父亲担心着张全生的演出，生怕他在对擂中给张家丢了人。那天晚上，张全生唱的是《金鸡岭》，他一开口就镇住了全场，没有半个时辰，就把史长才台下的观众拉得寥寥无几。从此，张全生就声名远扬，成为老腔的后起之秀。1949

年，在本村艺人的协助下，他成立了新生社，自任社长，开始闯东走西，唱红了潼关、“二华”及山西芮城、河南灵宝等县。新生社演职人员有张锁劳（后槽）、张天盈（板胡）、花自秀（择签子）、张景坤（又名张天宝，签手）。1980年以后，戏班里又调整为张四季（张锁劳之子，板胡）、张新民（张全生之子，签手）、张建敏（张全生之子，签手）。年逾八旬，他不顾老之已至，还忙着整理资料、灌片。他说：“祖传的东西绝不能丢。老腔戏这杆旗，在咱家绝不能倒。”

1954年，张全生参加了革新社，当选为首任社长，并成为社里演出活动的台柱子，更是名噪一方。有一次在三河口演出，第一晚是张全生的戏，次日晚上由任浪渔出演。谁知第二天的戏报刚一贴出，竟被人揭去，露出了前天晚上的戏报。开戏了，任浪渔一开口群众就嚷着叫他下台，要张全生接着演。还有一次，革新社下乡演出，戏报出的是张全生主演，偏巧王润亭县长赶来看戏，因王县长对时腔情有独钟，就临时改演史长才的《月下来迟》。不料刚一开戏，台下观众就起哄，竟有人索性把清油倒到签手王兴照身上，史长才只得懊丧地停了演，让张全生上台。事后王县长很后悔，亲自向史长才赔了情，还把农业社分给老伴的几斤棉花赔给王兴照，让他另置了身棉衣。

在革新社，由于张全生出场最多，贡献也最大，他工资也评得最高。1950年，他两次赴渭南地区参加会演，都得了奖。1956年，他和张奉军、段转娃（时腔）、史长才（时腔）参加了“陕西省第一届木偶皮影戏观摩演出大会”，都得了奖。1958年，参加了“陕西省第一届民间文艺会演”。在省上，中国唱片社灌制了他的《访白袍》，陕西省电台专门为他们录制了唱腔资料。他唱的《诸葛托事》被灌成了留声片。时任省长赵寿山还把他们几个艺人请到家里演了场戏，并一起合了影。革新社解散后，1976年，张全生重新组织起老腔皮影戏班演出，很受群众欢迎。

张全生演了一辈子老腔戏，能唱的传统戏有六十多本，还能唱新编现代戏七八本，多次获得政府嘉奖，有一面锦旗上的题字是“艺术超群”。1988年，《中国戏曲音乐集成·陕西卷》收入他的有关资料，并赠给他一面题有“老腔正宗”的锦旗。1990年，西安电影制片厂给他摄制了电影拷贝。他是华阴民间艺人的杰出代表，曾任华阴县政协第一届、第二届委员。他对老腔皮影戏做出了重要的贡献，在华阴民间艺术史上留下了浓墨重彩的一笔。

◆ 吕孝安（1918—1992）

华阴吕家城村人，老腔名艺人。1939年拜张小六（张怀琦）为师，只学了几本折子戏，因日寇侵占风陵渡，暂停学艺回家。后来他给人扛长工，掌柜的特别爱看戏，他就利用工余时间自学月琴，练习唱老腔达三年之久。回来后，又跟张小六学戏。抗战胜利后，自己买了月琴，又和几个人合伙买了戏箱，成立了同乐社，对外演出。1970年后，到大荔县朝邑镇西王村搭班唱戏。1976年，回到当地搭班演出。1986年，由于健康问题，吕孝安卖掉戏箱，交了剧本，不甘心地离开了老腔舞台。

吕孝安

吕孝安能唱二十几本戏。拿手戏有《借赵云》《汜水关》《取西川》等。先后在大荔、澄城、渭南、华县、潼关和洛南等地演出。他的嗓音宽厚圆润，刚劲有力，吐字清晰，拖腔流畅，尤其是《敬德投唐》唱得特别出色。他唱慢板刚健舒展，行腔优美。如《借赵云》

中陶谦唱的“无奈上了马花骝”一段，声腔恰当，欢苦音相间，互为衬托，优美感人，被许多艺人学习模仿。又如在《征北》中保林母唱“山后刘冲贼反乱，大闹唐室不太平”一段，拖腔特别，耐人寻味。他弹月琴、打后槽也颇有功力。

吕孝安待人和蔼可亲、谦逊忠厚，带徒传技也极严谨，跟他学艺的王振中、李永青（又名李浪）、李法浪，以及挑签子的屈子孝等，多在当地享有盛名。

◆ 任浪渔（1919—1983）

华阴董家城村人，老腔名艺人，华阴西路老腔的开创者。他自幼是个老腔迷，在孩童时代就和张奉军一起，到处奔波，跟台看戏学艺。十二岁时，就在闫昭胜班登台唱戏。他由于个子矮小，只能站着边敲鼓边唱戏，以一折《无量成圣》博得满堂喝彩，人称“十二红”。1953年，加入华阴县革新皮影社，直到该社解散。任浪渔不但戏唱得好，还有一定的创作能力。20世纪60年代初，独自创编了现代戏《红色种子》，并得以成功演出。

任浪渔

“文革”结束后，任浪渔又开始演出传统戏。他的拿手戏有《罗通扫北》《郑子明托梦》《张飞赔情》《反西凉》《秦琼思友》《无量成圣》《收四魔》《薛刚征南》等三十余本。他生旦净丑皆通，尤其以丑角戏为特长，其次是旦角戏。道白口齿清晰、字正腔圆，行腔委婉昂扬，人物形象饱满，颇受观众称赞。

张奉军

◆ 张奉军（1920—2001）

原籍华阴段村，1959年迁移至蒲城县上王徐家坡，1983年返回华阴县城，以开茶馆和唱老腔谋生。张奉军自幼在舅父家居住，舅父是个老腔爱好者，家中有月琴、剧本、铜器等。他六七岁就学弹月琴，十岁便到处跑着看张五常、张玉印唱戏，边看边学，如饥似渴，被张五常所器重，给予指导。十五岁就参加闫昭胜的老腔班演出，开山戏为《无量成圣》《收四魔》等。

1953年，参加革新皮影社。1956年，参加“陕西省第一届木偶皮影戏观摩演出大会”，以《借赵云》一戏荣获个人二等奖，受到广泛赞扬，省电台还录了音。1957年，省文化局决定以《借赵云》为开山戏，将老腔搬上大戏舞台。华阴县新中剧团出演员，张奉军传授、黄瑞龙整理，卫赞成导、张奉军演，在西安排练演出；随后参加了1960年的省新搬舞台剧种调演，受到各界好评。

他虽是自学成才，但功底深厚，演奏月琴节奏稳妥，指法娴熟，表现力丰富。他的唱腔时而低沉悲壮，时而高亢激昂，以演唱生角戏，特别是老生戏见长。他唱的气死板（阴司慢板）阴沉凄楚，感人肺腑。他的拿手戏有《罗通扫北》《五虎投唐》《敬德投唐》等，能演出二十余本戏。

◆ 侯德娃（1932—2002）

原籍潼关县公庄村，老腔名艺人。1954年迁移至银川，1962年迁返

侯德娃

原籍。1942年跟外祖父张小六学艺，十五岁登台演出。1948年张小六去世，他继承了张小六的戏箱，到处演唱，活跃在澄城、蒲城、大荔、洛南、临潼及河南灵宝等地，并到西安、银川等地进行售票演出。他唱的剧目有《下南唐》《罗通扫北》《五虎投唐》《斩华雄》《五龙捧圣》《定军山》《长坂坡》《访永宁》《托肠救主》等五十余本。他的嗓音细腻圆润，行腔起伏跌宕，旋律节奏比较灵活多变，即兴发挥，对喜剧的丑角、旦角一类的演唱比较擅长，具有独特的艺术风格。

他落户公庄村之后，在县文化馆和村干部的支持下，教了一班徒弟（有李社民，挑签子；张喜八，打后槽；张安民，拉板胡；侯新民，择签子），在潼关、华阴一带演出。他是潼关县第一代老腔艺人，为老腔艺术的传播做出了重要的贡献。

◆ 陈增礼（1932年生）

华阴北霄堡村人，皮影雕刻名家。他憨厚、勤劳、纯朴，是一个典型的关中农夫，却怀有一身绝技，一辈子和老腔结缘，成为誉满秦晋的皮影雕刻名家。

陈增礼和多数民间艺人一样，只上过几年小学，但从小就痴迷华阴老腔，尤其是对皮影戏中的人物雕刻爱得如痴如狂。他在看完戏回家的路上就学唱，睡前还要铺出纸张，把记忆中的皮影人物描画出来，次日再用硬纸试着刻，刻好了着上色，再打上蜡。晚上常常和同伴借人家的

陈增礼

门楼撑起白布帐子，点上油灯，按着套编的戏文，唱起娃娃老腔。

十七八岁时，他受当地皮影雕刻艺人李计柱的指点，初步掌握了雕刻技法。1950年，跟观北乡王家河村业余戏班班主李永青、李法浪学刻皮影。1953年，跟随张五常、吕孝安、李石泉学唱老腔。学刻皮影期间，他搜集的图谱积累了厚厚一本子。1956年，在西安建筑队工作期间，跟皮影雕刻艺人李战文继续学习皮影雕刻技艺，提高得很快。二十岁时，他的第一套完整皮影雕刻作品在文化馆展出，受到老腔名家张全生的赞许，张全生便介绍他参加了革新社。他一边参与演出活动，一边搞皮影雕刻。从此，他步入了自己的老腔艺术生涯。

陈增礼在老腔班社主要担任“帮档”，也兼学唱腔。数十年来，他先后跟随过吕孝安、王振中、张全生、任浪渔等艺人的班社，演出过的戏有六七十本，演出的场次数以千计。长期的演出活动，使他成为华阴老腔戏台上的多面手。

20世纪60年代末期，现代戏独占舞台。华阴老腔苦于无现代戏的皮影雕刻，陈增礼大胆尝试了现代人物的皮影雕刻创作。与尹存保合作，完成了《沙家浜》《红色娘子军》《杨立本告状》《夺印》等现代戏皮影人物雕刻，雕刻人物六十多件，又与王振中合作完成了《智取威虎山》《杜鹃山》等现代戏皮影人物雕刻，雕刻人物五十多件。

传统戏开放后，皮影戏演出开始活跃，华阴十多个皮影班社都请他添补过戏箱。从此，陈增礼的名气与日俱增，连山西、河南等省市的班社都订购他的皮影。这样，他的皮影作品便传到了河南洛阳、灵宝，山西侯马，以及新疆、甘肃一带。陈增礼为了提高皮影作品的刻制水平，征集了全国各地的皮影作为借鉴，如唐山皮影、北京皮影、辽宁皮影、湖南皮影、四川皮影等。刻苦的艺术钻研和刻制实践，使他的皮影创作精益求精。1989年，华阴县文化馆在华山宾馆举办“鬼文化”展览，他雕刻的系列作品《阎王乐》，受到了专家的好评，并被日本友人收藏。

陈增礼能唱能挑（挑签子），也熟悉各种配器。数十年的老腔演艺生涯，使他与民间艺术结下了不解的情结。他积累了丰富的老腔皮影知识，对老腔皮影人物中的特定身份，特别是对特定服饰、道具、脸谱、场景，以及人物性格特征和特殊表演手段都了如指掌。后来，由于年事渐高，20世纪80年代以后就逐渐退出了老腔舞台，把主要精力转向了皮影资料整理和皮影画绘制。他绘制了大量的皮影图谱，进而尝试皮影画的创作，并一举成功。他绘制的皮影图谱有上万件。根据这些资料，他又绘制了系列皮影画长卷，如《銮驾》《孔圣人文行天下》《大观灯》等，特别是“闹社火”“水浒”“三国”“封神”“瓦岗寨”“红楼梦”等题材的百米长卷，赢得了艺术界人士的赞誉和赏识，省内外不少艺术单位和个人都争相收藏。在他的引导下，华阴许多民间艺术爱好者画起了皮影画。严必荣、李福平、盛绪彬等都是同时期的皮影画作者。除了皮影画，他还画风俗画。他的农民画创作曾参加过省上展览。对于民间艺术，他能讲一套，画一套，刻一套，演一套，像这样的民间艺人在当今是为数不多的。

由于他在皮影艺术上的造诣和才能，前来求教的人络绎不绝。20世纪80年代初，中国美术馆、陕西省艺术馆、山西省侯马市文体局先后请他整理馆藏皮影达数千套。洛川县还请他参加了赴法展演前的筹备工作。在北京期间，由中国科学院工作人员陪同，他向美国加州大学历史系副教授姜士彬介绍了中国皮影的沿革、特点、表演技法等，姜士彬把他誉为“中国民间皮影的活宝藏”。他曾被华山工艺美术公司、华山民间艺术研究所聘为艺术师，带徒传艺，培养了一批皮影雕刻技工。他的弟弟陈增信在兰州水泥厂工作，受他的影响，也在当地组织成立了老腔影戏班，业余时间给职工演出，还兼刻皮影。20世纪90年代初，陈增礼办起了家庭皮影雕刻作坊，两个儿子陈进朝、陈艺文，儿媳梁灵侠、赵春珍，以及孙子陈习都被他培养为雕刻能手，被社会誉为“老腔皮影雕刻世家”。全国各地上门订货的客商终年不绝，产品走俏国内外文化市场。

陈增礼在刀刻笔绘之余，还念念不忘华阴老腔皮影的演唱。他特意创造了一种特殊的演唱方式，即利用一些老腔艺人的演唱录音，搭上简易戏台，自挑签子，跟着熟悉的节奏，一个人就能演一台华阴老腔皮影戏。他经常挑上行囊，走村串巷，以应群众所求，一场戏只收三五十元，很受群众欢迎，大家称他是华阴老腔的“轻骑兵”。

陈增礼在华阴老腔传播和皮影雕刻艺术上做出的卓越贡献，引起有关部门的重视。华阴市政协从20世纪90年代起就专门立项给予保护和扶持。2005年，他应邀出席了“全国著名民间艺人座谈会”，文化部授予他“民间艺术研究员”称号，并发了奖金。一位文化名人曾给他写了这样的题词：“一把刀刻出生旦净丑，数根签挑活贤愚忠奸。”这的确是对他人生经历形象生动的写照。

◆ 张军民（1950年生）

华阴双泉村人，老腔名艺人。自幼受父亲张志英影响，潜移默化，甚爱老腔。九岁前后，就随父在家学艺。因聪敏好学，天资过人，加之嗓音洪亮，很快他的生旦角戏就唱得有板有眼。其父望子成才心切，白天只要有空闲，就教他学唱老腔，特别是晚上睡觉前，坚持让他唱段戏文来听，检查他是否掌握了白天所学戏文。有一次，在学唱《古城会》时，一句没有唱对，其父就一脚蹬过来，他忍着疼，半天不敢吭声。他知道父亲用心良苦，更加刻苦用功，勤加揣摩，并多次向张全生等艺人讨教，谦恭谨慎，深得真传。在十三岁时，他就学会了《访永宁》《关羽困土山》《访白袍》等十八本戏。后来，在华阴县全县中小学生文艺晚会上，他演唱了《访永宁》中的一段折子戏，唱得慷慨悲壮，感人肺腑，获得了一等奖。初中停学后，其父希望他在老腔演艺上有所作为，就让他守在家中，一字一句教他学唱老腔戏文。一旦唱错，就让他跪在地上，头顶一面鼓，用力敲击，震得他头痛欲裂，浑身发抖。

张军民

正是因为父亲的严厉教导和他自身的勤勉学习，张军民的演唱技艺大大提高，这为他以后领班掌戏奠定了坚实的基础。

“文革”期间，由于不能演唱传统剧目，张军民就自学了《七亿人民都是兵》《穷人恨》《拉土上坝》等新戏，过把老腔瘾。“文革”结束后，他按捺不住对老腔的深厚情感，制作了戏箱，成立了自己的班社——“军民班”，正式走上老腔演艺舞台。他的老腔戏也从最初的观北康营村，演到了蒲城、大荔、潼关、渭南及河南等地，声名大振。在此期间，他还教自己的妻子索玉簪、孙子张哲学唱老腔，教儿子学打后槽、择签子，其妻子和儿子现今都能独当一面，孙子也有喜人表现。

2007年2月，他被推荐为华阴市政协委员。同年6月，为谋求更大的发展空间，他走出了华阴市境，受聘于陕西雨田文化公司，重新组建了老腔班社，参与社会文化活动，传播华阴老腔文化，并取得了明显的社会效益和经济效益。在雨田公司，他担任老腔表演艺术团团长，班社成员有董建民、董斌侃、王宽仁、雷仰峰、张东刚、任军波、贺发会、王发旺、索玉簪等人，演出阵容不断壮大。

近年来，他还自编自导，创作了一些老腔情景剧，一经演出，深受社会各方好评。他的唱腔慷慨雄壮，抑扬顿挫，情感饱满，多次在省、市举办的文艺调演中获奖。特别是在2009年1月，参加了央视《小崔说事》春节特别节目“春节大联欢”的录制；同年5月，组团赴湖南张家界参加了“2009中国张家界国际乡村音乐周”演出，荣获最佳创意团体奖。

◆ 张新民（1956年生）

华阴双泉村人，老腔名艺人张全生之子。受家庭影响，他七八岁时就开始学习老腔技艺，弹月琴、拉板胡、挑签子样样都学，并苦练唱功。在刻苦学习实践中，他拉、挑、弹、唱样样精通，成为老腔的“全把式”。20世纪80年代初，二十岁出头的他，给父亲的班社挑签子，这一挑就是二十多年。1998年，其父去世后，他独立门户，组建班社，自己掌戏，在当地影响颇大。华阴老腔剧团成立后，他受邀加入了剧团，先后随王振中、张喜民参与了话剧《白鹿原》、北京中山音乐堂老腔原生态作品音乐会、央视2007年春节戏曲联欢晚会等演出活动。

张新民

◆ 任麦茬（1951年生）

任麦茬

华阴董家城村人，当代老腔名艺人，长期活跃在民间演出。小学毕业后，适逢“文革”，他回家在生产队务农。1971年应征参军，在部队是文艺活动积极分子。1975年从部队复员回来后，见村上演皮影戏，就站在戏台子前听，为老腔铿锵悲壮的唱腔所感染，很快迷恋上老腔。第二年，正式拜任浪渔为师，学习老腔。白天，他在同伴任狗娃家撑起亮子，学唱老腔；晚上，跟随师父学戏。任麦茬好学，除了跟师父学戏外，还相继跟过程火快、张全生、张奉军、吕孝安学艺。往往是戏演到哪里，他人就跟到哪里，甚至数次夜间步行十余里路，从五方赶到孟塬的戏台子下学戏。由于他能博采众家之长，技艺得以很快提高。

1978年11月，任麦茬成立了自己的班社，离开师父单独演出。第一次演出就旗开得胜，在敷水横西村连演三个晚上，演出剧目为《借赵云》《罗成征南》《收姜维》，深受观众好评。此后，他声名远扬，先后到华县、蒲城、大荔、白水及山西永济等地演出。1981年，曾在一个月内夜夜出演。他的唱腔委婉，音域宽广，嗓音多变，生旦净丑音色分明，表现力强，能生动刻画剧中人物形象，给观众留下了深刻的印象。1995年，任麦茬重组班社，正式成立了“仁和班”，由竹峪村的李三虎挑签子、新坊村的穆安治拉板胡、大城村的刘水长打后槽、杨城村的杨群虎帮档。他的演出活动，推动了华阴老腔新局面的形成。

五、党安华口述老腔背后的故事

说起华阴老腔，就离不开党安华。

他的一生，已经与老腔“血肉相连”了。从某种程度上来说，是他把皮影与老腔分离开来，使老腔具有了独特魅力。采访时，他口述了自己与老腔数十年来的精彩故事。

◆ 幕后乾坤

咱们还是从2001年开始说起吧！

传统的老腔是和皮影戏结合的，人们听老腔，看到的是白幕上的几个影子，表演者则把自己用帷幕遮得严严实实，观众甚至看不到他们的一条腿。

党安华口述老腔背后的故事

艺人在灯影舞台后面投入地表演

2001年一个深秋的夜晚，我和一个朋友到华阴市王家河村去看张喜民演皮影戏，朋友去的任务是给张喜民修皮影舞台，我是因为无聊陪着朋友去的。台上的皮影短兵相接，戏唱得铿锵有力，老远就能听到。我往那儿一坐就发现台下只有四个观众，当时已是深秋，天气比较寒冷，其中有两个人围着火炉，心不在焉。另外的两个观众则站在不远处的一棵树下拉家常。

我就对朋友说："你给师傅们说一声，别演了，台下又没几个人，赶快把皮影舞台拆了回去歇着。"

朋友说："那不行，要等到人家唱完。"后来我就过去问火炉旁六十多岁年龄稍大的人，他们不是面对着皮影舞台，而是侧对着舞台，一面说话一面看着皮影。我问："老师傅，天气这么冷，又这么晚了，咋不回家呢？"老师傅说："孩子拿着钥匙，还没回来，我进不了门。”我又问另外一个五十多岁的中年人怎么不回家，他说：“我不是看戏，我是要监督着张喜民他们演到晚上12点以后。”哦，原来是个看台监工的。

我就问：“那要是演不到12点呢？”

他说：“要是演不到12点，主家不给他们钱。”

后来，我在皮影舞台边转了两圈，想给里面的人说别唱了，台下没人了，但是他们那个皮影舞台前后左右包得严严实实，根本看不到里面。后来我终于在后面有个缝隙的地方用手使劲掰，掰开一条两指宽的缝隙。看到里面的情景，我一下就惊呆了——哎呀，透过缝隙看到里边张喜民抱着月琴，昂着头，手里拿着鼓槌，一边唱着，一边敲着，抽空还要翻剧本看台词。张新民一手拿喇叭吹着，一手拿着震木在屁股底下的木板上狠劲地砸着；张四季敲着大锣、小锣，还要敲着梆子；张拾民舞着那个皮影，也特别精彩。那几个人都没发现我。

我站在那里看了至少有五六分钟，我突然想，这不就是表演的最高境界吗？他们心中毫无杂念，因为他们看不到观众，他们的喜怒哀乐完全是从内心深处迸发出来的，自然而然生发出来的，没有半点表演的痕迹。虽然观众稀少，但是从表演理论上来讲，这就是表演的最高境界，叫本色表演。他们唱得非常投入，非常忘情，非常陶醉。我把布帘慢慢地放下，当时就产生了一个念头，人影比皮影精彩，后面这么精彩的东西，如果把它呈现在大舞台上，我想一定能够打动观众。

◆ 剥离

回来后，我就一直在琢磨这个事情，看怎么样能把后台的情状呈现在大舞台上。继而又担心，一旦呈现在舞台上，这些艺人的状态会不会发生很大的改变，反而失去了表演的本色？

想了很长时间，自以为想法成熟了，有一天我就去了张喜民家里。我首先把我的想法给他说。我说："张师，你在王家河那天晚上演出的时候，我就在旁边看，你们皮影舞台后面的东西很精彩。你们那种表演呀，那才叫生动！因为真实才生动，不真实的话不可能生动。"张喜民说："哎呀，我就不会表演，我倒知道啥叫表演嘛！"我说："不是，你可能不懂，但是你做到了。张师，你知道为什么会这样？因为你没有一点杂念，你不在乎观众怎么看，因为你根本就看不到观众，所以你在后面表演的东西才是最生动最精彩的。我的想法是咱们暂时不演皮影戏，你把你这班子五个人带上，我再从外面找些唱老腔的，咱在大舞台上把咱老腔单独呈现一下，行不行？"张喜民说："不敢，不敢！我从来没见过观众，我的祖祖辈辈都没见过观众，都是在皮影亮子后面唱戏。你叫我们往舞台上一坐，我们就傻了，唱都不会唱了，就不知道该怎么办了。"我说："不要紧，我有办法，咱慢慢来。"后来我就把张喜民班子五个人，还有张军民班子几个人叫到一块儿，又到王振中老先生家里，因为他也有一套班子，也是唱老腔皮影的。结果我把想法给王振中老先生说了后，他一点都不能接受，说你这是胡弄呢，祖祖辈辈都是唱老腔皮影戏，你现在叫这些人坐在舞台上唱老腔，这些人坐在舞台上就不会动弹了。不论怎么说，老头子都不愿意，后来我还去了三四次，王老先生依然不接受。没有办法，我只好暂时放弃。

后来我又从市剧团找了四个人，就把所有参加排练的人集中在一个民营艺校里面。我把我的想法说了以后，还是没有一个人接受，后来我就换了个说法，说："咱们在这儿排练，这儿有地毯、空调，环境很好，你们现在皮影戏演一天多钱？"张喜民说："有十五六元，高点的二十元。"我说："是这样，你们就当陪我玩呢，我每天给你们每人二十元，中午还管一顿炸酱面，外加肉夹馍。你们就权当挣演出费呢，行不？”张喜民说：“话可不能这么说。”但是，此时其他艺人就没有再反对了，张喜民就对其他艺人说：“既然安华有这么个想法，咱们试一下，不成功了咱可拉倒就行了。”张喜民这么一说，至少他这个班子五个人明面上不再反对。第一次开会尽管大家从心里没有完全接受，但还是勉强同意在一起排练了。

两个主唱张喜民和“白毛”（王振中），本来都有自己的班社，现在被我“收编”了。2005年，导演林兆华在话剧《白鹿原》里大量使用老腔唱词，才使得老腔被外界知悉。老腔从“小家戏”华丽转身，并从华阴走向全国，甚至远渡重洋，到日本、美国等地演出。

◆ 第一次尝试

第一个节目排什么？

其实我用了半个多月的时间征求了很多人的意见，大家都建议排《劈山救母》。后来我就请王忠亮老师写了个《劈山救母》的片段。排练了二十多天，后来在影剧院首次演出，当时华阴市文化局局长还从省文化厅、渭南市文化局、渭南群艺馆请了五六位专家一块儿来看演出。看了以后，大家都很失望，提了很多意见。演出结束后，有专家建议增加电吉他、电贝司之类的乐器，以便整个演出显得现代化一点。可能也是因为当天晚上演出完都累了，当时听了这个建议我心里很不舒服。我在心里暗暗地说：我要的就是原汁原味的东西。

当时渭南文化局有一个文化干事叫路树军，他看完演出以后说：“这个作品是失败的，但是这个想法是很伟大的，你有这个想法，我觉得是功德无量的事情。应该把你的想法继续完善，不要放弃！”其实第一次演出完之后，我也觉得不满意，节目的音乐太窄、人物形象也不够饱满。在排练场我就感觉到，这个作品呈现以后不会有太大反响。所以《劈山救母》的片段就仅仅演了一场，再也没有演出过。对这个节目，我决定放放再说。

后来我反思自己为什么会失败：一是准备仓促，准备不充分。二是热情有余，方法欠缺。艺术创作不仅仅是靠热情和激情就可以成功的。三是对老腔、老腔艺术、老腔艺人缺乏足够的了解。这是一开始就遭遇失败主要的三个原因。后来，因为这个节目没有引起反响，我觉得很丢人。这个时候，刚好有个南方的同学让我过去帮忙，我就去了，在南方待了有大半年的时间。在外面那大半年的时间，我深深体会到漂泊在异乡的那种郁闷和酸楚，语言不通，对当地的文化背景也不了解，工作起来很困难，但是我心里一直没有放下把老腔推上大舞台的想法，也在想老腔下一步该怎么走。

到了2002年，我从南方回来了，又时常到这些艺人家里聊天。后来偶然从一本资料里发现，在早期，老腔和皮影是完全分开的，是两回事儿。老腔起源于汉代，皮影在唐代才有了雏形。后来我就想，祖先在汉代的时候是怎么唱老腔的，老腔在生活中想呈现什么呢？后来经过查阅得知，那时是在军营里，被雇的那些船工闲暇就坐在船帮上，他们有人喊着，有人敲着，有人唱着。那么，现在老腔在舞台上，到底想呈现什么？作为导演，你想给观众传递什么样的信息？经过对老腔音乐的进一步了解，我又发现老腔的音乐特别简单，这是严重的“先天不足”，也就是说老腔想排戏剧难度很大，因为它音乐很简单，没有办法塑造人物。

经过长时间思考，还有和这些艺人长时间相处，我觉得他们身上那种朴素、知足、善良、纯朴的品质对我影响很大。我觉得应该把这些东西呈现在舞台上，对所有的观众都是一种精神上的观照，这些朴素的东西会影响观众，会荡涤掉现代人心灵中那些浮躁。所以第二个节目我把它取名为《古韵乡趣》。对这个名字我一直觉得不是很理想，但想呈现的东西和传递的信息我心里一直是明白的。

后来我再一次把这些艺人召集在一块儿，把想法说了后，艺人们却说："算了算了，你再别折腾了，上次折腾完以后你把钱也花了，人也丢了。"我说："我给咱们重新排练。这次呢，还简单，但是我想效果要比上次好。"就这么说着说着，已经到了2003年4月。

老腔艺人从后台走向前台的演出方式变革，不但让观众了解到了幕后乾坤，而且为老腔艺人在演唱过程中有意识地进行相关表演提供了机会和条件。

正是从这一年，这些老腔艺人开始了一种与以往完全不同的演艺方式。他们每演出一次，拿一次报酬。没有演出的时候，他们还可以组织自己的班社，演唱传统节目。

没了皮影的老腔，反倒火了！去掉皮影后，艺人们走上了大前台。

◆ 排练《古韵乡趣》

2003年，华阴市文化局新来了一任局长叫张富强。张富强当了局长后，想把我从文化馆借调到文化局，他通过别人给我捎话。我说我不去，局机关单位我不想去，也不适合我。后来他又通过一位副局长给我说，先借调一年。因为张富强原来在人劳局的时候和我私交不错，我给捎话的那位副局长说："你给富强局长说一下，机关很不适合我干，就算了吧。"那位副局长说："你先过来，只一年嘛，干着看看。"后来，我回去后仔细想了想，局长能叫咱，这是高抬我，自己不想去那是另外一回事，反复想了想还是去。所以后来才有了在文化局上班的经历。因为之前私交不错，到文化局上班后，我和富强局长聊天的时候，把我想做老腔的想法向他汇报了。富强局长很支持，说没问题。我说："问题是我现在想排个节目，但是局里没有钱啊。"他说："这事你不用管，我给你借。你需要多钱？"我说："排这个节目需要两三千元，因为吃饭、交通、买服装、艺人排练补贴都需要钱，压缩到最低也需要这么多。"他说："不说了，我给你借五千元支持你。"当时我很感动，因为我知道文化局在富强局长接手时还有二十多万元外债，他能从外面借五千元来支持我这个事，当时感动得我眼眶都有点湿润。我支支吾吾地说："张局长要是借的话就太为难了，要不就算了。"他说："你不要管我难不难，你只要把事情给咱干好就行了。"

后来，他真从外面借了五千元，我就开始排练《古韵乡趣》。

开始排练时，首先要把音乐和唱腔这部分问题解决。当时我还从剧团请了四个专业的演奏员，把整个老腔音乐记了谱子，就开始练音乐和唱腔。但是后来发现，这些专业的演奏员虽然拉得特别好，但是听起来就是不对劲，看谱子和他拉的一点儿都没有错，但是听起来就是感觉不对。而那些老腔艺人，虽然他们不识谱，他们只是凭自己的感觉拉，但你听起来就舒服得很。后来我就先把剧团这四个专业演奏员撤下来，让这些老腔艺人自己来演奏，演奏出来的感觉就对了。剧团这四个演奏员只留下了一个闫宏昌。因为闫宏昌早在几十年前做过老腔音乐集成，他在音乐方面比我了解的要多。一开始排练时，我让演员不要考虑是在给观众演出，就当在自己家里唱自乐班，就当自己玩儿，该高兴的时候就高兴，该愤怒的时候就愤怒，随着戏的情节很自然地把心情表达出来就行，不要考虑如何表演、舞台上的角度、观众怎么看等。如果你想这些东西，就彻底坏了，就不对了，要怎么舒服怎么来。

但是，终归是舞台演出，我把这个舞台画面排好以后，就对一个叫张四季的艺人说："你坐的这个位置稍微再往后来点，还有，你的长凳子稍微再斜一点。”他怎么都不接受。他说：“本来就不想参加你这个事，你这个事别扭得很。”我说：“行吧行吧，那你怎么舒服怎么来吧！”再加上张喜民给张四季也做了不少工作，至少在排练场，他不会不留情面地来反对我。

当时排练的时候我也不允许有任何外人进排练场，几乎是全封闭，让他们自己先找感觉。排练了两天以后，我发现艺人们慢慢地找到了感觉，他们把生活中的东西完全地拿到了排练场，举手投足，喜怒哀乐，都能很自然地表达出来了。

◆ 女人上场

老腔唱起来慷慨激昂、苍劲有力。因为这个特点，老腔以前主要是唱武戏，以前经常唱的，包括《三国演义》《封神演义》《隋唐演义》这些本戏。老腔里的文戏很少，所以旦角也不多。

后来在排练中，我突然对张喜民说：“舞台上是不是应该有一个女人？咱们现在可是清一色的男人。”

他说：“唱老腔的从古至今都没有女人。”

我说：“要不这样，我从这个唱秦腔、唱迷胡的民间班社里找一个，找好以后，你教她。”

张老师这个人很好，很豁达、很开明。他思考了一下就说：“能行，没问题。”后来那个排练中止了几天，我就抽时间在民间班社里找。有一天，就发现了张秋亚，这是个唱迷胡戏的演员，嗓子特别好，人也挺质朴的，演唱起来整个人的状态还有一种原始的张力。我把我的想法给张秋亚说了以后，张秋亚很热情、很积极，说能行。所以，后来才能看见为数不多的女老腔艺人在舞台上。此后，在老腔改革演出方式的同时，在演出中还增加了手持纺锤的女性角色，原本五人的班底，也

张秋亚敲锣

充实到十二三人。

在排练厅排练的时候，张秋亚一开始很不适应，也不会唱，张喜民就一句一句地教。有时候我一着急，语言上也很刻薄，但是张秋亚在排练场也要，跟张喜民学唱腔也要，都很认真，所以这个《古韵乡趣》第一次排练用了二十天左右就完成了，我感觉所有演员的状态都是我想要的。

一开始我构思这个节目的时候，脑子里就出现了形象的、动态的画面——一幅、两幅、三幅甚至十幅的画，叠加在一起。这个节目没有故事，没有情节，也没有人物，就是呈现中国农民质朴、善良的品质和惬意、知足常乐的生活态度，并运用了音乐、戏剧、绘画的艺术元素，但其实又有一个大故事在里面。经过二十多天的排练，这个节目基本算是排好了，后来正好赶上抗洪，这个排练也就暂时结束。

到了10月份，抗洪结束了，渭南市准备搞文艺会演。张富强局长说把这个节目加紧排练，11月份全渭南要搞文艺会演。所以，我再一次组织老腔艺人集中排练，一方面一点点从音乐细节上完善和提高，另一方面让艺人们不要有刻意表演的痕迹，让他们从心里感觉没有观众的存在。同时，还要让他们理解文艺会演不是在村里找个地方挂个“亮子”就能演，这是在舞台上表演，面对的是全市观众，怎么把握好这个度，让他们自己揣摩火候。

◆ 换椅子

后来，我把艺人们集中在民间艺校排练室排练。开始排练的时候就发现艺人们有些拘谨，坐着那些电镀椅子感觉很不舒服——表演的整个环境和坐的椅子把他们的状态都改变了，他们那种自由、自然的东西消失了。我就给艺人们说明天排练的时候各自从家里带上自己坐的东西。

艺人们问带啥，我说随便啥都行，高的、低的、长的、短的，都可以。

第二天来排练的时候，艺人们就从家里拿的自家木凳子，高低长短都有，还有个艺人说家里没有凳子，只有靠背椅，也不好带，就没拿。我说你干脆就坐在地上，他就往地上这么一坐。我一看，对啊，他坐在地上的时候很自然，丝毫没有往地上吹一下擦一下嫌地上脏的意思。

后来，艺人们全部坐上从自己家里带来的凳子，这下他们感觉对了——就像坐在自己家里一样自然，舞台上充满日常生活气息的表演成分也得到了强化。

◆ 老腔第一次上报纸

如果我没有记错的话，2003年11月，渭南各县市都排练了自己的精品节目参赛，折子戏、小品、舞蹈、本戏、歌曲等，华阴当时去报名的曲目是情景音乐剧《古韵乡趣》，时长共十七分钟，演出以后，有些出乎我的意料，评委们对《古韵乡趣》评分最高，当时获得了创作、导演、舞台美术、音乐设计四个一等奖，张喜民、张秋亚获得了个人表演一等奖。

第二天，《渭南日报》还特意登了一篇文章，对华阴老腔《古韵乡趣》给予高度评价。这是华阴老腔第一次上报纸，我拿到那张报纸后很激动。

当时渭南市文化局有位副局长，他是个画家，看了后对我说："安华，你这个节目另类得很，非常有特色，我还没看到过这样的节目，让人耳目一新。"

他又说："真的很好，好像还有绘画的元素在里面。"我说："对着呢，刚开始排练的时候就有这个想法。"

这是华阴老腔第一次获奖，第一次被媒体报道，值得纪念。

◆ “拉郎配”

2004年，有一次在金龙宾馆演出，是市上安排的接待演出。由于刘西仓有事不能来，当时我让我的助手李建凯联系王振中，看他能不能来。2001年开始排练的时候王振中并没有参加，这次突然请王振中，担心他不能来，结果王振中高高兴兴地来了。因为晚上就要演出，下午就开始补这个角色，下午一点就把双泉村的艺人和县城的艺人都接到了华山金融宾馆，也把王振中接来了，于是开始排练。

我在台下坐着说咱们开始排练，王振中很快地坐到了台上，但是双泉村的五个人都不在台子上。我就问李建凯：“人在哪儿？”李建凯说：“都在后面的休息室。”我说：“叫来呀，开始排练了。”李建凯说：“我都叫了几次了，人家都不来，坐在那儿也不说话。”

我就去叫他们。进去后我说：“张师，走，开始排练了。”休息室五个人没有一个人说话。我问：“怎么回事儿？”结果还是没有人说话。这时候张喜民的弟弟张拾民很生气地说话了：“党师，你把毛子叫过来干什么？”我就问毛子是谁，拾民说就是白毛。我就说：“西仓没在嘛，刚好借这个机会给王师一说，王师人就来了。”张拾民说：“如果有他在，我们就不弄！”我就问他怎么回事儿，中间是不是有什么过节？后来，张喜民把我拉到边上说：“你不知道，他把我们亏得够呛……”就说起来他们十几年前甚至二十年前在民间演皮影戏打对台的一些事情，还有他们在同台演出时一些不愉快的合作，说了很多事儿。我说：“张师，不说了，过去的事儿，就让它过去，咱们都是几十岁的人了，没有必要像小孩子一样计较那么多。”说了一通以后，他们五个人坐那儿还是不动。我这个人也是个急性子人，说了一通没说通，我就说：“你们看行还是不行，刚开始排练，不行就算了，拉倒。”

后来，我就离开休息室到了舞台上，舞台上有闫宏昌、王振中、张秋亚。王振中抱着月琴，一个人在舞台一角落坐着，我就坐那儿把王振中看了个两三分钟，老头坐那儿也不说话，看起来还有那么一点凄凉的感觉。当然我也知道王振中估计能感觉到在休息室发生的一些事情，因为他知道他们之间的关系。我没有问王振中，过了几分钟后我又去了休息室。我再次问张喜民能不能排练，结果他们还是不说话，我脾气就压不住了，说："建凯，租车把他们五个送回去，再租个车把其他人也送回去。"我给张喜民说："张师，咱们这三年合作的缘分到此结束。我给你把话说清楚，我跟你们受这么大的苦，也是拿五百五十块钱。我明天早上端着茶杯坐在板凳上看着报纸，一个月也是五百五十块钱。"

结果李建凯没搞清楚状况，还真的去雇车了，过了十几分钟还真把车给叫来了。这时，拉板胡的李根贤过来劝说："算了，走吧，开始排吧，党师现在一个劲儿说呢。走吧，走吧，排练吧，排练吧。"这个时候呢，张喜民班社的五个人就陆陆续续上了舞台。我就坐在台下开始讲要求，由于王振中和其他人这么多年没有合作过，我说先把唱腔捋顺，看看你们还能不能合作到一块儿去。结果这一开唱就七扭八歪的，我听着当时火就上来了，说："各位，咱心往一处想，劲儿往一处使。"我观察当时王振中唱得也很难受，也很别扭，但是他也没说什么。后来，王振中把刘西仓唱的那八句才慢慢地补上。

王振中出现在挤满了张家人的排练场里，尽管张喜民同意了，其他人便没了意见，但起初的气氛依然尴尬而紧张。王振中不跟张家人说话，张家人也不跟王振中说话。不得不说话了，眼睛望的也是别处。大家都觉得我多事，非要"拉郎配"，让排练和演出都彼此难受。

排练完了以后，张喜民说："党师，我看你们单位那儿有点电线，你们用不用？如果不用的话，我明天在孟塬演皮影戏能让我用一下吗？"我说："能行，没问题。"李建凯当时还在气头上，说："不给，让你们排练，你们这个不来那个不来的。”我说：“不就是十几米电线嘛，文化局也不在乎那十几米电线。”

我后来想，张师是用这种方式来向我套近乎，打破这种僵局，他难道会没有那十几米电线吗？我其实很理解张喜民，这是张喜民和王白毛几十年后第一次同台排练，到了晚上还要同台演出，心里彼此吃劲是避免不了的。可我相信，没有永远的对手，只有永远的荣誉。

◆ 省电视台深层次报道《发现老腔》

有些事物的发展和影响有着必然的规律，老腔的影响力就是这样一点一点越来越大的。2005年6月，陕西省电视台国际部记者焦海民带着摄像机来到华阴市，要采访华阴老腔艺人，因为他在调演中看到过老腔，他那次在华阴待了一个多星期。后来在多年的接触中，我发现焦海民确实是一位知识渊博又低调谦虚的记者。咱们看着这是从省电视台来的人，都是很仰慕的，艺人们见了摄像机不仅激动，而且也紧张。焦海民来了以后，没有给地方提一点要求，吃饭、住宿、交通完全都是自己承担。我很感动，当然我们也没有能力承担。文化局经费非常紧张，当时老腔演出又不挣钱，所以我就觉得很亏欠焦海民老师。

焦海民对老腔做了深层次的报道。看了他采写的专题片以后，才知道他在来之前已经做了大量的工作，他采访了民俗专家，还有一些著名的文化学者。他在华阴待了一个多星期，拍摄了大量的影像资料，半个多月后，陕西电视台播出了，名字叫《发现老腔》，我看了后觉得这个专题片拍得非常好。直到现在我也觉得他把老腔拍出了新高度。

◆ 定弦

自2003年华阴老腔在舞台上亮相以后，媒体频繁报道，观众口口相传，使老腔在渭南、西安乃至陕西都有了一定的影响。后来，就陆陆续续有单位、省市级文化活动邀请老腔演出。当时的演出场次很少，每场就挣个四五百块钱，十一个艺人每天也就能分到三四十块钱，但是艺人们很高兴，因为他们获得了掌声，获得了好评，甚至还有一点经济收入。

2005年刚过完年，陕西省政协会议召开，省上安排老腔艺人去政协演出，艺人们和我都很高兴。

第一次去省城演出，大家都很激动，张富强局长亲自带队。因为是综合性晚会，老腔只有两个节目，台下坐着各级领导，还有些文化名人和学者，当时没有想到陈忠实和赵季平就在台下坐着。快演出的时候赵季平来到后台，看见王振中坐在那儿定弦，就喊："王哥！"王振中一是眼睛不好，二是定弦着急上场，没看清来人是谁，就说："别喊别喊，正定弦喊啥，弦定准了着急上场呢。"赵季平说："无所谓，弦齐不齐无所谓，要着急上场就先上场！"大家都哈哈大笑。当时我就在边上，心说，这都是大音乐家，咋能说弦齐不齐无所谓？觉得有点不可思议。后来仔细一琢磨，这才是真正的大音乐家，其实，弦齐不齐真不是一件大事情，真正的艺术不是说弦定齐了就能呈现最佳的艺术效果，真正的艺术是对人精神上的一种观照。

在演出完后，很多政协委员都到后台来，特别是文化界人士，三三两两地和艺人们进行交流，说这个华阴老腔听了很震撼，艺人们听了都非常激动。

◆ 老腔是艺术，也是生活

记得有一天下午，我去双泉村找张四季，到他家的时候他老伴说他不在，下地去了。我大概问了他们自留地的方向，就一个人去地里找张四季。

快走到他家地里的时候，只听见不远处传来唱老腔的声音，我向那边一看，只见张四季正在地里用剪刀剪着花椒树。他一边剪着，一边唱着，我驻足看着他，他根本没有发现我的到来，仍然陶醉在他的快乐中，陶醉在唱老腔的享受中。

我在那儿站了十多分钟，看着张四季，我就在想，老腔不仅仅是他热爱的艺术，也是他的生活。对于这些民间老腔艺人来讲，他们似乎对老腔没有更高的追求，但是老腔艺术已经融入他们的血液中，已经是他们生命的一部分。看着已近黄昏，因为有事，我不得不打断他，我就喊了他一声："四哥！"他吃了一惊，说："你咋跑这儿来了？"我说："我到家里，嫂子说你在地里，我就到地里来了。我已经到这儿二十分钟了，我看你一边剪着花椒树一边唱着老腔，这身后又是血红的夕阳，就像一幅画一样，美得很！我看见你才知道啥叫快乐，啥叫惬意！"

他说："这与舞台没有啥区别嘛。没事一个人在这儿剪着、唱着，一天就到头了。"

我忽然想：文化的延续，不仅来自教科书，更来自生活的滋养。对于老腔民间艺术家来说，他们心中没有舞台的概念。换句话说，他们的舞台就在天地间，不然，他们的表演怎会如此恣肆汪洋，天人合一，独具魅力？不然，老腔艺术又如何能有着经久不绝、鲜活不竭的生命力？

◆ 神来之笔

2004年，渭南市工商银行想要用老腔排练一个反映英雄的节目，我和艺人们商量后决定排练老腔《取中山》片段。在排练场，为了一个排练细节，我和张四季闹得不愉快，我怎么说他都不接受。我一生气，一脚就把他坐的那条长凳踹飞了，当时排练场一片寂静，大家都惊呆了，我就坐在一旁抽烟。

后来张喜民就过来给我说："党师别生气，四季那人就是那脾气。"有几个艺人就指责张四季，后来张喜民也过去一边指责张四季，一边安慰他。就在这期间，我突然发现踹板凳那一声既是节奏也是音效。休息了大约二十分钟以后，我就说："四哥，能不能排练？"他说："那排嘛。"我说："那行，你听我给你说，到这个唱腔的高潮部分，你把你这个板凳高高地举起，冲到最前面后重重地砸下去。但是必须在节奏里面和整个音乐要合拍，然后砸五木头。我都已经给你设计好了。"张四季说："我来不了。"我说："来不了咱慢慢来，我先给你示范一遍。按理说导演是不能给演员示范的，我先给你示范一遍你先看一下。"我给他示范了一遍后，他说能行，当时他还是带气的。到了音乐高潮部分，我说："拿、冲、放、砸！"别说，他还配合得不错，但还是没有完全达到我想要的那种效果。当然了，对一个民间艺人来说，要做到这一点难度是相当大的。就是这么一点戏，排了几十次，后来张四季慢慢地就适应了。

后来我给张四季说："现在是这样，节奏是合上了，但是缺乏内在的情绪。"

他说："你要啥情绪呢？"

我说："你把这条板凳高高举起并砸下去的时候，你就想着刚才我骂你的时候，带着这股气砸下去，就看着脚下那块地板当作是我，把它砸烂、砸破！"

张四季还以为我在讥讽他。我说："不是的，不是讥讽你，你就按着这样的理解去表演。"他说能行。后来再表演了几次我就发现有点意思了。排练完了，在临时休息室里我看见张四季累得满头大汗，脸都有点发黄。毕竟张四季当时也是快六十岁的人了，一条长凳几十次反反复复地举起砸下，确实辛苦。我心里就觉得很不是滋味，但是又碍于面

张四季（后）每次表演都不忘他的枣木块

子，就没给张四季道歉，但心里一直在自责。

让我很欣慰的是，这天板凳高高举起，那五声木头敲击声和弦乐的组合绝对是神来之笔！

从此以后，原来坐在地上用木块击打木块的表演，换成了用木块击打农家常用的长条木凳子。

两年前，中央电视台一个记者问我："这条板凳为什么会让观众给出如此强烈的掌声，给观众留下如此深刻的印象？"

我不知道怎么突然地冒出来一句"经典"的回答，我说："当代现实社会中，每一个人心中都有要砸的东西，砸一板凳砸碎了心中的愤懑和块垒。"

当时记者很激动地说："哎呀，大哥，你说得太好了！"

我说："不管是当官的还是为民的，不管是知识分子还是普通百姓，每个人的生活都是有感受的，每个人的生命都是有经历的，每个人心中都有想要砸的东西。但要砸的是什么可能还得好好想想，一下子用语言或者用笔杆子很难准确地表述出来，这就是为什么观众会对砸板凳留下那么深刻的印象。你说你心中有没有要砸的东西？可能要砸的东西太多太多了……"

◆ 偷着演老腔

有次我和张喜民闲聊的时候问："'文革'的时候，你们这个皮影戏演不演？"他说："人家不让演，把这个当作'四旧'，让我们停演。后来人家军宣队来了叫我们演样板戏，我们排了《沙家浜》和《红灯记》，但是一演，村里人不爱看，他们都喜欢看原来那些老戏。"

"有一次在村里唱戏的时候，我们正在唱《沙家浜》，军宣队的人走了以后，村里人就说，人家走了，要不然给咱们唱那个《征东》和

《访白袍》吧。我们就赶快把那个皮影拿出来唱历史戏，因为这些对老腔艺人来说是得心应手的事儿，驾轻就熟。刚唱了一会儿，放哨的人说赶快收拾，人家军宣队的那几个又转过来了。大家吓得把那个历史戏的皮影赶快收起来，又换成那个《沙家浜》的皮影，又开始唱《沙家浜》。”

我就和他开玩笑地说：“唱这个《沙家浜》，唱那个《访白袍》，都是一样的皮影，为什么观众不喜欢样板戏而喜欢那些历史戏呢？”他说：“唉，唱的那个《沙家浜》大家听不懂，你唱历史戏，大家都能听懂。因为原来在村里一直唱的就是历史戏，大家都熟了。再说历史戏我们演起来熟悉也舒服，《沙家浜》演起来我们感到别扭，挑皮影的人也别扭，音多少都不合韵，把人唱得浑身都使劲儿，但是唱得还不舒服。”我就问：“那让人家军宣队发现过没有？”他说：“发现过。人家厉害得很，好像就要打我们那样子。”

在张四季的记忆里，戏班子唱新戏时，老人都不听，挨过了夜里十二点，年轻人散去，便要求戏班唱老戏。这时戏班子人唱得痛快，他们听得也痛快。在他们心目中，老腔皮影就是老戏，是《三英战吕布》，也是《关羽温酒斩华雄》。

我就笑着说：“为了过一回瘾，你们都可以受一次罪。”

◆ 在上海戏剧学院进修

2000年，省文化厅派我到上海戏剧学院进修，这是我艺术生涯中迈出的重要一步。在那里我结识了很多大艺术家，特别是我的美学老师周国庆。我对他很崇拜，也能够感受到他很喜欢我这个学生，我和他经常在课堂上、在楼道里、在院子里聊天，有时候在饭厅里碰见就聊天，我和他聊得很投机，在某些方面我们有共同的理解和感受。所以这一年时间里，在他的美学课上，我每次考试都是全班最高分。也可以说，他是对我艺术创作影响最大的一个人，是他让我懂得了什么才是真正的艺术。

他曾经给我说过："艺术不是一种真理，艺术是一种谎言，但这种谎言并不是一种恶意的欺骗，而是一种善意的心灵抚慰。"

他对我说："在咱们现实生活中，人们确实是常常需要有一些美丽的错误来寄托自己的某种情感和情思的。作为艺术家，要根据人类心理中这个奇特的需要，创造出艺术这个善意的谎言来……"

他这些观点很正确，我都能在以后工作过程中寻找到案例加以验证。

艺术的任务是什么？艺术的终极目的是什么？周国庆老师那一年给我们上的美学课，都是从艺术深层次、从人的灵魂深处来启发我们，他甚至说艺术的终极目的是拯救人的灵魂，作为艺术家至少要有一种使命感和责任感。

他很自信地说："艺术家就是要呼唤人们清醒，让人们真正知道要做自己的主人……"所以这么多年来，我在艺术创作上一直是受他的影响，总想把每一个艺术作品都做得思想性很强，要让人有所思有所悟，至少让人在心灵上得到抚慰。

我从上海回来后的那两三年时间里，偶尔还给他打个电话，还曾经写过一次长信。这几年一忙再也没有联系过，但是常常想念他。

◆ 认识林兆华

2005年10月，有一天张富强局长对我说："老党，省文化厅打电话说让咱去西安演出，你带上去吧。省文化厅能叫咱，也是看得起咱，再说也是给文化名人演出。咱现在主要是宣传，不说挣钱，咱局里还有点钱，要不咱局里给艺人每人拿五十块钱。"

后来我就带着艺人们租了两辆车去了西安，因为不知道是给谁演出，那天我还少叫了两位艺人。刚进文化厅大门，省文化厅社文处马小玲处长说："安华，做好准备，今天的演出非常重要，你知道是给谁演出？"我说："不知道。"她说："濮存昕来了，给濮存昕演出。还有一个导演，叫林什么华。"我说："是不是叫林兆华？"她说："对对，就是叫林兆华。"我说："哎呀，坏了！我不知道是给林兆华和濮存昕演出，来时少叫了两个演员。"她问："那咋办？"我说："不要紧，接下来我们把节目做下处理，距离演出还有四五个小时，应该还来得及。"我还问到底是不是林兆华。她说："就是的，没问题，你认识？"我说："我不认识，但是知道。这个人了不起，当时我在上海戏剧学院进修的时候，老师经常给我们讲林兆华的作品，我知道这是位非常了不起的大导演。"

导演林兆华与党安华在排练场

后来我赶紧给司机说，给艺人们买些馒头、矿泉水。我给艺人们说：“今天是给一位非常有名的大导演演出，还有一位濮存昕老师。千万不敢马虎，这次少了两人，我们现在赶紧把咱这节目排一下。”艺人们对濮存昕倒是多少还有些了解，说那要弄好。

于是，我们就近找了个宾馆的会议室，进行紧急加工排练。到了晚上7点半，是在一个大会议室里演出，并没有太多的观众。这时候看到濮存昕、林兆华、陈忠实，还有一些省厅的领导。再看还有咱们省上秦腔演员也同台演出。

我一打听才知道这是给话剧《白鹿原》剧组演出，剧组人员是到白鹿原来体验生活的。由于是非正式演出，大家都很随意，开始了以后让秦腔演员唱秦腔，我也不太听戏，也不太看戏，一直在关注着林兆华老师，因为我太崇拜他了。后来发现一个细节，秦腔演员唱得非常认真，乐队也组织得很合理，但是我发现林老师看着看着就站起来出去了，出去了就看多功能厅墙上挂着的画报和照片。我就觉得有点儿疑惑，是不是林老师不太喜欢秦腔？

秦腔唱完后，马小玲处长说：“安华，来，让华阴老腔演出。”林老师这时又坐回了他的位子。老腔唱的就是《古韵乡趣》。艺人们在台上演着唱着，我一直注意着林老师和濮存昕的反应，突然发现林老师激动地轻轻把桌子拍了一下，对身边的濮存昕说着什么。虽然我听不到他说话的内容，但是我通过他的表情和动作，知道他在表达什么。

节目只有十二分钟，演出完以后，大家一致报以热烈的掌声。林老师说：“小伙子，能不能把你这个节目再演一遍？”我说：“没问题，只要林老师喜欢，演三次五次都没有问题。”他说：“不，只再演一次，我再看一下。”后来再演了一次，看完以后陆陆续续就有人走了。这时候，有几家媒体已经把艺人们“包围”了。

林兆华老师把我拉到一边，问我：“你是干啥的？这个节目是谁排的？”我说：“我是文化局的干部，这个节目是我排的。”他就问：“你为什么对这些事情这么感兴趣？”我说：“这应该追溯到2000年我在上海戏剧学院进修的时候，受一个美学老师的启发。”他就问：“你老师是谁？”我就说：“我老师是周国庆。”他说：“明白了。”他就对旁边的濮存昕说：“这也难怪，人家是在上海戏剧学院导演系学过导演的。不错，非常好，很震撼！”他又对我说：“你想不想和我合作一把？”我说：“前几年在上海学习的时候，老师给我讲过您的一些作品，在那时我就对您崇拜得不得了，没想到现在见着您真人了。”他说：“是这样，你有个思想准备，回去了以后，我给你寄一本话剧《白鹿原》剧本，你把它看完，看完了以后，把你的第一感觉给我说一下。”我说：“好好，没问题！”当时我就激动得看不见周围有谁，也听不到周围有什么声音了……

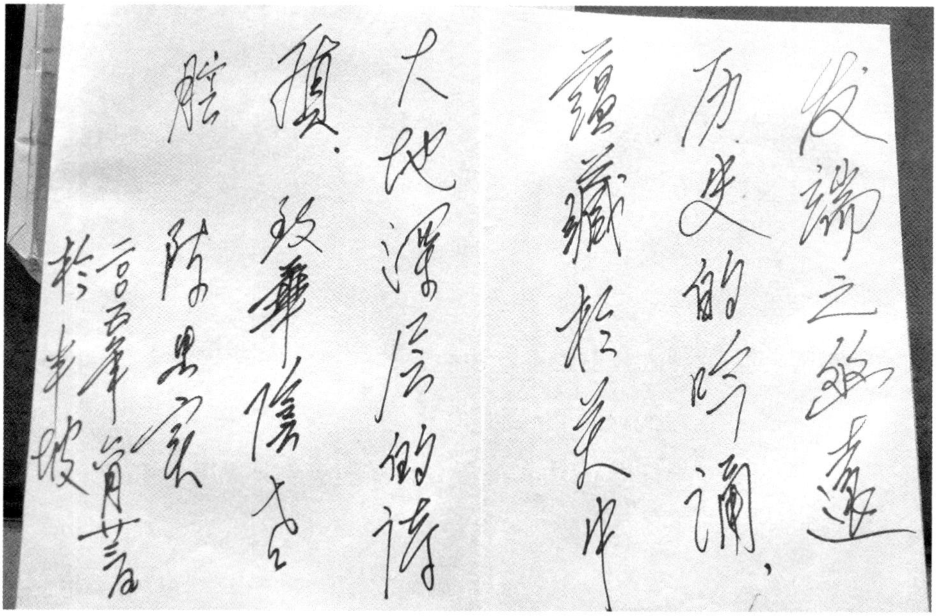

陈忠实为华阴老腔题的词

后来，艺人们东西收拾好了，也坐上车了，这时陈忠实老师过来了，说："小伙子，很激动，我给你们写了一幅字，留在文化局办公室了……"字写得非常漂亮，内容是："发端之幽远历史的吟诵，蕴藏于关中大地深层的诗质。致华阴老腔。"这次演出应该说是华阴老腔一次难得的机遇。一次大的转折，就是从这偶然开始的。

◆ 九段唱腔

林兆华老师走后的那半个多月，我整天盼着林老师给我打电话。

有一天晚上，都已经十一点半了，座机突然响了。我拿起来说："谁呀？"对方说："我。"我说："谁呀？"对方说："林兆华。"当时我特别兴奋，几乎都不敢相信自己的耳朵。他说："小党，还没睡？"我说："没睡没睡。"他说："我今天把剧本给你寄出去了，这样吧，你拿到剧本以后认真地看，然后把《白鹿原》这本书反复看。我在剧本上给你画了九个点，你对那九个点把最直观的感觉给我用文字表述出来，我看你的艺术感觉怎么样，然后把这九个点你如何用老腔排练出来，大概描述一下。"

他又说："现在可能很多人都认为我要用老腔做音乐。不对，这完全是错误的。我看了你们的老腔以后，认为第一其实它是作为一种叙述故事的形式，举个例子，《白鹿原》小说几十万字，跨度几十年，我要在两个半小时内把半个世纪的事说清，你说我那个话剧能够呈现得了吗？有些东西就要留一些意识流的东西。再举个例子，演员在舞台上这么一转身，可能几十年就过去了，你用什么样的语言都没办法表述得很准确，更没办法表述得很清楚。那么我就来一段老腔，让人们通过老腔，直观、形象地感受一下，把这些东西都完全地交给观众，让观众们去想象，每个人都可以根据自己的经历去感受。也就是说老腔在

话剧《白鹿原》中是一条辅线，通过这条辅线来叙述白鹿原几十年的历史。”他还说：“既然你是学导演的，你就应该懂得，你从古典里寻这些唱词的时候要注意符合剧本当时的那个情节，有一种寓意上的暗合。”

因为我完全听懂了他想要什么，我说：“林老师，我听明白了，我大概知道你想要什么东西了。我排好了以后，请你来华阴指导。”

后来，我就把老腔艺人召集到一块儿，首先选择这九个点的九段唱腔，用林老师的话说就是唱什么都不重要，内容一点都不重要，要的是一种情绪、一种状态。但是选择这九段唱腔确实把艺人们折腾美了，因为这些东西林兆华老师给我一说我能听明白，但我再给艺人们讲的时候艺人们就很难听明白了。如何通俗易懂地把林老师这些意思说清楚，特别是要让艺人们明白，很难。

一是自己能力有限，二是艺人们根本就不懂这些东西，所以你得

老腔艺人参与话剧《白鹿原》演出

让他们先明白。因为我对传统戏了解得非常少，据说张喜民能唱的都有三百多部戏，但你要在这三百多部戏里边找出九段和话剧《白鹿原》那九个点的情节暗合上，那真是如大海捞针一样。再说你要把那三百多个剧本都通读完，时间上不允许。所以我就把艺人们召集到一块儿，把这九个点反反复复地给艺人们讲。我发现老头子们就是听不懂。我说："听不懂你就问，你问一个我给你答一个。"

我给大家把剧本反复读，把这九个点的情节反复地给大家读，我说："这一个点此时此刻要表现白嘉轩和鹿子霖内心的什么什么，咱能不能在这儿寻上一段唱腔和这个意思有一点暗合的作用。"王振中先生，也许他经历丰富，积累了很多人生智慧，他马上就明白了。

我又说："举个例子来讲，对于国共两党白嘉轩是一种观点，鹿子霖是另一种观点。林老师当时在这儿给我画了一个点，这块能有一段什么老腔唱段表现白嘉轩和鹿子霖的那一种迷茫？"后来王振中就说：

“我给你唱一段《征东一场就是空》。”当时我一听，哎呀！好好好，太棒了！那一段唱词内容和剧本情节很贴合，有一种暗合的作用，又没有说共产党又没有说国民党，只是表达了人物，我在这儿唱戏呢，我唱的是历史。我相信林老师也绝对是满意的。

就是这样，一个点、两个点、三个点一直把这内容选好，再开始排练。排练的时候大导演不像咱这地方小导演要求字正腔圆唱好，他根本不要这些东西。他要的是一种情绪、一种状态，要的是一种精神，要的是一种质的东西。但是毕竟它是舞台上的东西，毕竟它还是老腔，不懂艺术不行，不懂技术也不行，而把艺术和技术怎么恰到好处地结合好，确实是件很费脑子的事。

因为这是第一次和大导演合作，也是和我的偶像合作，我一晚上都睡不着，一整天心里都恍恍惚惚的。我真是憋足了劲儿，要求就提得更高，第二天就把艺人们召集到一块儿。

首先从技术上要让艺人们过关。我对音乐进行了重新编排，因为音乐还是传统的音乐，根据情绪要把它重新进行编排，必然要打破艺人的习惯，也可能把这块的东西拿到那块，把那块的东西拿到这块。拿过来拿过去，万变不离其宗，都是老腔原有的东西。尽管都是原有的东西，但是位置发生了变化，所以对艺人们来讲难度很大，在排练场一次、两次、八次、十次甚至五十次地练。

张喜民、王振中、张四季这些老艺人，我看他们实在是有点吃不消。但是这些老艺人身上那种坚忍、坚毅、能吃苦的精神不是一般人具备的。有时候我自己在排练场看着心里都很不是滋味，甚至都想骂自己：你为了把这个作品做成，竟然把老艺人们这样折腾、折磨！

那九段排了将近两个月，九段加起来总共五十七分钟。排好了以后我给林老师打电话，林老师当时正在北京排话剧。他让编剧孟冰过来了，过来以后我们就借陕西省人民艺术剧院的排练场，把这九段给编剧孟冰老师和搞舞美的老师表演了。当时孟冰看完了以后激动得一脚把那个排练场的茶几给踏断了。他激动地说："这不是艺术，这是一种精神！太棒了！我相信林兆华老师绝对会感动，绝对会震撼！"

当时艺人们和我也都很激动，但是我克制着自己，也希望孟冰老师给我们再提一些改进意见。他后来提出有两段在情绪、唱词和剧情上暗合得不够自然，让我再调整。

九段五十七分钟排了两个月，艺人们脱了一层皮，所以今天看来他们所取得的成就也罢，荣誉也罢，不是一般人能够体会到的。

2006年的5月29日，我印象最深了，我带着这些艺人去了北京。当天休息，第二天下午3点，林兆华老师把北京人艺的八十多个人集中到排练场。他一开始就说："让小党带的这些老腔艺人今天下午把九段话剧《白鹿原》音乐给大家表演一下。"我们小地方的人很自卑，抬眼一看，台下有濮存昕、宋丹丹、郭达等大腕，一个个都紧张得不得了。后来把那九段唱腔表演完了以后，北京人艺里边有个中年演员就大声地喊了一句："林导，话剧《白鹿原》别排了！"大伙都吓了一跳，我也吓了一跳。他说："到时候观众只会记住老腔，忘了话剧！"

大家都明白，他不是一种狭隘情绪的发泄，而是对老腔艺术的一种尊敬，老腔艺术完全把他感染了。大家长时间地给艺人们鼓掌。林老师话不多，慢慢地走过来，走到我跟前，把我肩膀拍了一下，说："小党，我太感谢你了，太感谢咱们这些老艺术家了！"林老师深深地给老艺人们鞠了一个躬，排练场一百多人又爆发出长时间的掌声。

◆ 艺人们很用功

到了北京后，就开始和话剧《白鹿原》进行合成排练。

艺人们到了北京后就开始马不停蹄地合成排练

因为从每天下午3点开始合成排练到晚上7点，前半天没事就可以休息，但我还不断地把那九段在技术上进行加工排练。因为《将令一声震山川》中那个砸板凳的细节，我认为张四季砸的力度还欠缺了一点，节奏上还是稍微差了一点，所以上午人家休息我们还继续排练。我跟张喜民说："你小声唱，你省你的劲儿，我重点是排张四季呢。"但张老师一来就放开了，他说："我不会啊，你叫我省劲儿我还不会，你叫我放开我才觉得美！"我一听这话很有道理——你叫他省劲儿叫他作假，他还不会，玩真的反而不累。

前半天自己排练，晚上7点半到10点半到剧场里边再和话剧《白鹿原》合成排练。那天晚上11点我还没有睡，就到张四季房子转一圈，刚走到门口，听见里边传出"嗨嗨嗨嗨嗨"的声音。我在门口听了一会儿，慢慢地把门推开了一条缝，发现张四季一个人在房子里边，用手在他那个床头柜上拍打着发出“嗨嗨嗨嗨嗨”的喊声。我在那儿看了有两三分钟，他根本没有发现我把门推开了，后来我慢慢地又把门带上，仍然在外边听，听他拍的节奏对不对、力度够不够。

听着听着我眼泪就下来了，我想：离开了排练场以后，这些老腔艺人还这么用功，特别是张四季，不知是不是我在排练场把他批评得太厉害了，怕我骂他、批评他，暗暗地在那里练。但是我想他绝对跟我一样在想，这次机会太难得，登上首都大剧院这个舞台不容易，他们要为自己负责，要为老腔艺术负责，要让北京人看一看老腔独特的艺术魅力。

为啥我当时流泪了，我心里很难受，因为6月份正是农民家里收麦的关键时期，这些艺人之前一直在家里边种地呢，和土地、庄稼有着很深厚的情感。第一次到北京，你想一下，作为农民，家里还有十几亩地，他难道坐到房子里真的不想他们地里的麦子吗？他丢不开那十几亩地，但排练老腔又抽不开身那种煎熬、那种矛盾，我是能想象得到的，尽管没有一个人跟我说。他们一边要为一千多公里以外的家人操心，要为怎么收麦子纠结，一边还要把老腔的这个节目排好、演好。艺人们不容易啊！他们可能也不知道什么是崇高的境界，但他们把崇高的境界做出来了，他们做到了。所以我经常给媒体记者讲，精彩的不是老腔，精彩的是这些老腔艺人。

在北京合成排练完以后，首场演出前林老师也想到了叫艺人们好好休息一天。我那天给艺人们说：“今天谁都不允许想和演出有半点关系的事，把你们的乐器都装到兜兜里边，不允许练。今天跟上我，咱到街上转一天，纯粹地浪，天黑了就回来睡觉。今天一天不允许谈、不允许想和工作有半点关系的事情。弦不能绷得太紧了，绷得太紧了往往容易断，任何事情、任何东西都得适当有度。”

◆ 待人真诚的濮老师

和北京人艺合作排练话剧《白鹿原》，从合成排练到演出结束，在北京总共待了两个月。在这期间，老腔艺人和北京人艺的演员们建立了非常深厚的感情，北京人艺的高水平也在影响着老腔艺人。白天排练，晚上演出，老腔艺人与原来在电视上才能看到的濮存昕、宋丹丹、郭达等著名演员，在一块儿排队买饭吃，他们就像普通人一样一边吃着一边聊着。排练场休息的时候，大家坐在一块儿聊着，晚上演出的时候大家也都在一块儿候场。

一次排练结束以后，我和张喜民往住的地方走，这中间有将近两公里。刚出了剧院门，突然就下起倾盆大雨，我和张喜民就站在北京人艺的大门口那房檐下避雨，准备等雨小了以后再走回去。

这时，一辆黑色小轿车忽地停在我们面前，车窗玻璃摇了下来，车上有人喊："快快快，来，上车，我送你们回去……"我一看，是濮存昕老师。当时我们刚到北京两三天，见到这些大腕都紧张得很。我说："不坐不坐。"他说："快上来快上来，我送你们回去。"我说："真不用，不用。"僵持之下，为了婉拒掉他的好意，我就赶紧瞎编了一个理由，说："濮老师，我们不回去，我跟张师一会儿雨小了还要到前面买个东西、吃点饭呢。"后来，濮老师说："那行，那雨小点了，你们再往前走……"

濮存昕走了后，张喜民说："唉！不敢坐，咱坐这两公里路把人还坐得累死呢。"我说："我跟你一样，肯定拘谨得不知道该说啥，都不敢相信这是真的。你在电视上看到的偶像，今天居然把他的车停在这儿把你往宾馆送，成你的司机了……"

过后我一想，这些大腕，确确实实待人真诚，特别是濮老师，他的一点一滴都能体现出对人的真诚和善良，人也低调得很。有一次排练休息时，他给我说："老党，咱这些艺人，饭吃得还习惯不？"我说："好着呢好着呢。"他说："我给灶房都说了，隔两三天给咱这些艺人做一回炸酱面，隔上一两天给咱包上一回饺子，油泼辣子给咱弄好。"我说："哎呀，你不用操这么多的心了，你这一天社会公益活动演出这么繁重，还为我们操这么多的心。"他说："如果他们那炸酱面做得不地道，你看咱们这儿谁会做，灶房把料买下你们去做，要叫咱们吃好。"

平时排练时，大家都是在北京人艺的职工灶上吃饭。濮老师还习惯喝两口，我记得是八块钱的那个二锅头，他每次来了后把盒饭一拿，往餐厅一坐，就叫王振中，说："王师，来，给你倒两杯！"给王振中倒一半两，自己喝一半两，剩下那点酒就拿回去了，再吃饭的时候又拿来。几乎每次吃饭的时候，他都亲切地和咱这些艺人坐一块儿，一边吃着一边谝着。

有一次在餐厅吃完饭了，他给王振中画了一幅速写。王振中说："我属牛的。"他说："我再给你画个牛。"有时到后台，他一见我们这些艺人，肩膀一拍，叫你一声"老哥"。每次见到我，他都说："老党，一定要注意观察艺人们生活上有什么要求，有什么想法，一定要给我说，大家出门不容易，特别咱们这些老腔艺人，都很朴素，可能有些啥想法还不好意思提，你一定要说。"

其实，我更不好意思说，因为我总觉得在北京人艺的这个机会太难得，我们时时刻刻都要珍惜，一点一滴一言一行我都要求艺人们注意，不要让北京人艺觉得我们素质不高。

听说“白毛”属牛，濮存昕开始给王振中画牛

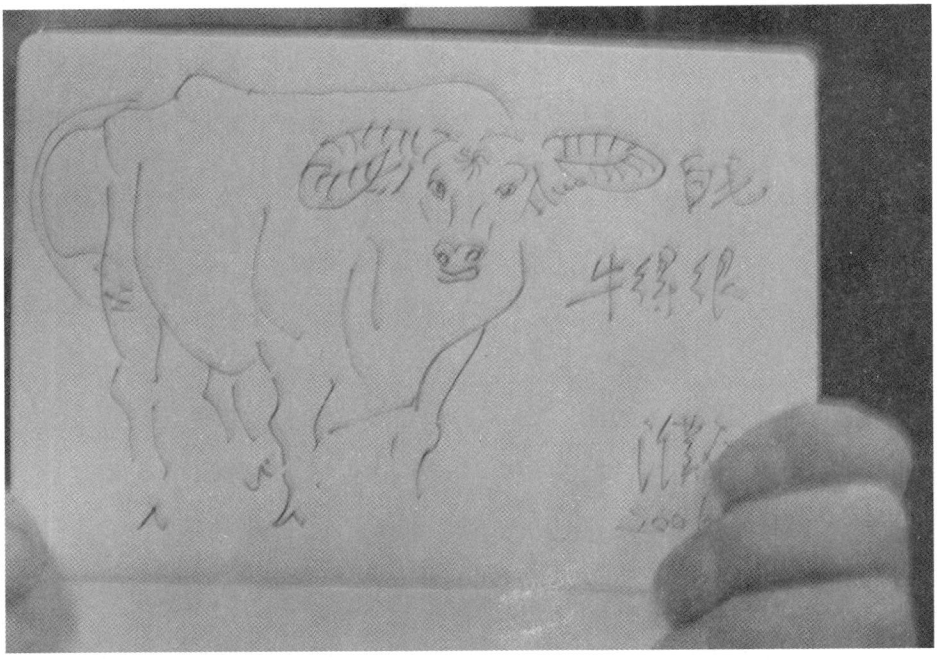

“白毛，牛得很！”濮存昕在画上写道

◆ 话剧《白鹿原》火爆

话剧《白鹿原》在北京首演，引起轰动。一开场就是咱老腔《太阳圆月亮弯都在天上》，一唱完，台下传来雷鸣般的掌声。

演到中间的时候剧场休息十分钟，这个时候，林兆华老师说：走，咱们到前面的休息大厅去，听听观众的声音。我就和林老师一块儿到前边的大厅，我们混在观众中，听观众的评价。很多观众说：哎呀，一开场，陕西那个秦腔呀，太棒了！还有一个观众说：林兆华用了陕西这个秦腔，神来之笔啊！

我跟林老师开玩笑地说："林老师，人家在说陕西的秦腔真棒啊，他们没说陕西的老腔真棒，说明我的工作还没做好，没有让更多人知道这是老腔不是秦腔。"他说："还确实是这样，你年轻着呢，一定要把这个老腔艺术大力地推广。"

◆ 老腔音乐会

在北京演出话剧《白鹿原》期间，应该是6月5日，北京人艺的崔副院长跟我闲聊的时候说："党老师，你到了北京了，要借助咱北京这么大的文化平台去宣传咱们老腔。"

因为话剧《白鹿原》在合成排练的时候，我排的那五十七分钟被林老师减得已经只剩十五分钟左右了，如果能把这五十七分钟做成音乐会，在北京找个平台来展示一下，对老腔的宣传作用是很大的。但是，在北京租个剧场一天最少得十万元，再加上音乐会还需要灯光、音响、舞美、宣传等，对于咱一个小小华阴市文化局那简直是天方夜谭、白日做梦，几乎做不到。

有些事情就是该成呢！刚好有一天，郭达老师要请老腔艺人吃饭，北京人艺的马欣书记也在场。吃饭的时候，马书记说："老党，有什么困难，艺人有什么要求，你一定要随时给我说。”

我说：“马书记，我有一个想法，能实现了更好，不能实现也没事。咱每逢周一休息不演，其他时间只是晚上演出，白天没事，原来我排了五十七分钟的节目，咱能不能利用周一这个机会在首都剧场向观众免费演一场老腔音乐会？”

他说：“你是突发奇想呢还是考虑很长时间了？”我说：“绝对不是突发奇想，想了有几天时间了。”他说：“是这，你把你的想法考虑成熟，你这想法很好，但是我得听听你完整的想法，咱们不搞则已，要搞就一定要轰动。”

过了几天，马欣书记问我：“小党，你那天给我说那想法现在变了没变？你现在给我说一下，你有多大把握，在北京演出了以后能引起轰动？”

我说：“通过我们这几年在西安、深圳、山东演出以后观众的反响，我觉得在北京应该会有很大的影响。”

马书记非常慎重，他思谋着说：“这样吧，我再找几个文化专家论证一下，咱们先策划好。”他后来聘请了几位专家开研讨会。研讨会上我说：“我有一个很自信的把握，就是从古到今、从中国到外国，大家参加音乐会的时候，都是听音乐会，以听觉为主来欣赏音乐。那么我要让北京观众来看音乐会，以视觉为主。”

专家们当时很惊讶地说：你这个想法很好，我们还从来没有听人说音乐会首先要好看，其次是好听。研讨会结束了以后，马书记就安排北京人艺剧院的经理做前期的宣传工作，剧场就放在北京中山音乐堂，请中国歌剧院的总监作总体艺术把握。第二天就开始白天排练晚上演出。排练场很阔气，一切设施都非常好。

◆ 濮存昕的心意

要在北京中山音乐堂演一场音乐会，而且就只有这十几个老腔艺人，当马书记把这一件事情答应了以后，我晚上确实是激动得睡不着了。

正式演出时间定在6月26日，刚好是星期一，那天晚上话剧《白鹿原》剧组休息。音乐会还得有一个节目主持人，我突然想到濮存昕老师。他的主持风格、他的人格魅力和他的嗓音条件，还有他的公众形象，我觉得他是最佳人选。此外，他本身就是吸引观众的一个亮点。

有天晚上，濮老师开演前在化装间化装，我走到濮老师门口却没有勇气进去，走到门口又拐回去。我思忖着给濮老师说了后濮老师如果不答应，怎么办？如果濮老师没有时间，或者说不愿意又不好意思拒绝我，怎么办？在门口转来转去也没有勇气进去，在外边转了十几分钟，才鼓足了勇气。进去后我说："濮老师，有个事，求您帮个忙。"他说："你说吧！"我就把我想搞音乐会的想法给濮老师说了，我真没有

华阴老腔在北京中山音乐堂的演出，濮存昕担任主持人

话剧《白鹿原》剧照

想到濮老师当场就说："好，我不仅帮你们主持，还有其他方面有什么要求就给我说。"

我当时很感动，握住他的手说："濮老师，太感谢您了，我代表全体老腔艺人向您表示衷心的感谢！"濮老师说："那你有这个想法给马书记说了没有，给其他领导说了没有？马书记怎么说的？"我说："马书记大力支持，人员的分工，交通、吃饭、宣传、排练、租剧场、舞台、美术、灯光等费用都由北京人艺支出，我只要保证给咱把音乐会排好就行了。"濮老师说："好、好。还有什么新的想法你就随时给我打电话。"濮老师答应了以后，我出来给咱们艺人一说，艺人们很高兴，我也长长地嘘了一口气。

音乐会从第二天就开始排练了。有一天排练的时候，我刚刚坐下休息，濮老师来了，他说来看看排练，来看望一下大家，并且拿了一条软中华烟，说你把这给大家抽。

他给我做了很多指导。给我印象最深的就是，他说："老党，记住农民的自由性恰恰就是最生动的东西，不要给他们刻意要求太多，要充分发挥他们的特点。艺术家经常要深入生活，而他们本身就有很多的生活阅历，他们的生活气息很浓。"

后来，我准备把烟分发给大家，但十一个人，十个男的，一个女的，一条烟只有十盒，不够。我说："秋亚，那你别拿了。"然后我把这烟给大家一人发了一包。艺人们一看，秋亚没有拿，我也没有拿，尽管是一件很小的事情，喜民、拾民、四季、白毛几个人都把烟给我拿回来了，说："我们一人拿一盒你还能没有？"我说："不用，你们拿着抽吧。"他们非要把烟给我，我说："你们抽吧，这是濮老师的一点心意。"

后来我跟咱艺人开玩笑说："人家都是巴结大腕，给大腕拿礼品，今天是大腕给你们拿的软中华烟啊。”后来，有几个艺人都舍不得抽，把那烟带回华阴家里边，“白毛”给村里来逛门子的客人说：“这是濮存昕老师给我的软中华烟，来，一人一根。”大家都投来了羡慕的目光。

◆ 陈忠实先生落泪

终于，华阴老腔音乐会排好了，6月26日要在北京中山音乐堂演出，大家都憋足了劲儿。北京人艺的马书记也很担心，这场音乐会毕竟没有和观众见过面，不知道观众有什么样的反响。

早上7点多，北京人艺就把早点都买好，给大家安排好了车辆，把大家从首都剧场送到北京中山音乐堂。全天排练，后勤工作北京人艺做得非常好。在现场排练，要和灯光、音响、主持人合作，濮老师也是整整一天都陪着我们。我从前一天晚上就愁得没有睡好，第二天也不知道哪儿来的那么大劲儿，真是一股劲在那儿憋着。

排练到下午5点，晚上7点半就要开演，尽管还有很多细节没有到位。濮老师也累了一天，想一下一个大腕，谁敢把他从早上8点折腾到下午5点，还都没有地方休息，仅仅是坐到椅子上休息一会儿，这些我只能是看在眼里感动在心里。下午5点以后，北京人艺的人把饭送到剧场，大家就在剧场里吃。我给艺人们说：“是这样，我知道大家也都憋足了劲儿。现在大家休息一下，也不要再谝闲传了，要保持精力，7点半开演，咱6点半就要开始化装、定弦，就这么一个多小时。”

在我们白天排练的时候，中央电视台的记者也在跟着拍摄。大家很快把饭吃了，确确实实一个个都累到极限了，晚上还要演出。舞台铺的木地板，十几个人都倒在舞台上睡着了。我也非常累，但是我睡不着，心里一个劲儿在纠结着，我还害怕大家感冒了。不想让大家睡，又觉得有必要睡，他们太累了，而且必须睡，睡上那么一小会儿对晚上演出是有好处的，我心里很矛盾，后来就坐在下边拿了一瓶水看着他们。中央电视台一个记者走过来说："党老师，你也休息会儿。"我说："我不休息了，我不累。"他观察到了我的神态，说："你看，都累成啥样了，你看着他们躺在那儿心里是怎么想的？"我说："这就叫为艺术献身啊！他们躺在那个地板上能睡得着，他们习惯了。他们饿了就吃、累了就睡，不多想，只知道把事干好。"

到6点半的时候，我正犹豫叫醒他们还是不叫醒，看他们一个个睡得香，又不忍心叫。我抠时间细算，定弦用上十五分钟，有的不化装只换衣服再用上十五分钟，半个小时就够了，让他们再睡十五分钟吧。到了6点40分，我才把他们一个一个拍醒来，要求大家在洗手间里边都把脸洗一下，抖擞抖擞精神。然后到后台再喝点水，7点过5分开始定弦，用十分钟时间把弦定好，再用十分钟时间把衣服换好，提前五分钟坐在后台。真如同打仗似的。到7点20分的时候，马书记来了，濮老师也化好装过来了，他们问我一切都准备好了没有，我说准备好了。

7点半准时开演，马书记在台下坐着，台下坐的还有陈忠实老师。我一会儿跑台上一会儿跑台下，几乎是一种恍恍惚惚的状态，说不出是一种什么滋味。当演到半个小时左右，马书记看见我跑上跑下的，把我叫到旁边的过道上，说："小党，你现在应该放心了吧？观众的反响已经告诉你了。"我说："谢谢马书记！"马书记说："我的心也一直在揪着呢，听到观众们的掌声，我慢慢地放下心来了。来，坐到我旁边去，旁边是我办公室的人，我让他离开，你坐那儿好好享受一下。现在应该放下心了，你看观众的反响，听观众的掌声，我们成功了！"

尽管如此，我的心还是在揪着。演完了以后，中央电视台的记者，还有北京电视台以及各大报社的记者，甚至还有些观众一拥而上。观众持久的掌声，使咱们艺人几乎就离不了场。最后还有很多观众给艺人献花，有些观众跑到台上让艺人签名。我站在旁边，感叹咱们艺人真是慢慢地成明星了，感到很欣慰。

在演出中间，主持人濮存昕说："今天小说《白鹿原》的作者也来到了演出现场。"他用手在向七八排示意的时候，突然发现陈老师不见了。怎么不见了？观众很诧异，我也很诧异——明明在那儿坐着，怎么不见了？

到了第二天，刚好吃早饭的时候碰见陈老师。我问陈老师："昨天晚上正演出着，你走了，我看濮老师介绍你，怎么不见你了？得是咱这音乐会不好？"他说："不是的，我看演出的时候几次想落泪，我害怕场上那些照相的摄像的发现我脆弱的一面，后来我跑二楼看演出去了。你们的演出太让我感动了，我联想得太多太多了。这就是中国农民精神，这就是中国人不屈不挠的精神，一种纯朴、善良的品德和崇高的境界！"

◆ 大导演请吃烤鸭

在临走前一天，我把在北京待的这两个月的感受，以及北京人艺的领导特别是马欣书记，还有濮存昕、林兆华两位老师对艺人的关心和关爱，有感而发地写了一封感谢信，贴在后台的黑板上。写这封感谢信的时候，我确确实实几次泪水满眶，感谢信标题是"好人，再见吧！"。北京人艺的演员看了这封感谢信，都非常感动。

后来北京人艺的办公室主任把感谢信揭下保存了起来。他说："党老师，非常感谢你们，你这封感谢信我们将来要收藏到北京人艺的博物馆里边去……"我说："不不不，这只是我代表我们全体人员对北京人艺全体人员的一份感激之情。"

在北京最后一场演出开演前十分钟，张喜民老师提议说："明天就走啊，今天是最后一场，我们平时都是E调，今天咱们是F调。今天晚上

老腔艺人们和大腕明星在一起

要放开唱！”

我说：“好，今天晚上要用咱们全部的激情来告别首都观众，告别北京人艺的领导和北京人艺所有的老师，把咱们这两个月来的感受通过演唱表达出去！”那天晚上，艺人们很卖劲儿 。

演完了以后，北京人艺好多演员有的拿着衣服，有的拿着扇子，有的还拿着杂志，都找艺人们来签字。艺人和北京人艺演员有握手的，有拥抱的，场面很感人。

那场面我看了以后，也禁不住泪水模糊了双眼。濮存昕老师拥抱着张喜民说：“老哥，咱们还会再见的，我们计划明年还有话剧《白鹿原》第二轮的演出，希望你们保重身体，我们会常常想念你们的……”

林兆华老师是一个不善言辞的人，当最后全体演员谢幕的时候，台下的观众全体起立，为台上的演员鼓掌。后台只剩下两个人，一个是我，一个是林兆华老师。

林老师看了我一眼，说："小党。"我说："林老师好。"他什么都没说，深深地给我鞠了一个躬，我赶紧跑过去说："林老师，不好意思！"他说："感谢，我由衷地感谢！感谢咱们的老腔艺人！咱们明天就告别了，我明天要请咱们的老腔艺人吃一顿烤鸭。"

我赶忙说："不用麻烦，您那么忙，这么大的年龄了。"他坚持说："不行，我明天一定要请大家吃烤鸭！"老头子话不多，慢慢地就离开了剧场，第二天果真请老腔艺人在烤鸭店吃了一顿。当时，北京人艺的马欣书记，濮存昕、郭达老师，还有一些主要演员都在场。席间，有很多服务员和食客都围过来让濮存昕、郭达、宋丹丹签名。我观察到酒店服务员和食客很好奇。我猜测他们肯定在想：咦，这十几个农民艺人咋和这几个大腕坐一起，几个大腕还给这些农民艺人敬酒？他们找这些大腕签名、照相的时候，大腕们很耐心地解释说：我们有客人，我们有尊贵的客人要陪。

团圆饭吃完了以后，马欣书记亲自到宾馆里边送我们上车，让人感动。

回到华阴的第二天，濮存昕老师给我发了个短信："老党，大家都还好吧？家里边都好吧？"我回短信："我送他们到双泉村的，家里边一切都很好。"他说："那很好，那我就放心了。"

从北京回来了以后，我们是从西安下的车。当时陕西电视台的著名主持人陈爱美，她组织的西安锣鼓队、秧歌队在火车站列队欢迎老腔艺人们演出归来，还给艺人买的小吃、饮料，都在出口那儿等着，那个场面让人非常感动。陕西电视台、西安电视台、《陕西日报》等媒体记者都在等着采访艺人们在北京演出话剧《白鹿原》的感受。

从北京回来后的第二天，华阴市人民政府在华山宾馆宴请这些老腔艺人，华阴市委、市政府破例给这些老腔艺人奖励了十万元。

◆ 张喜民家庭气氛

从北京回来了以后，中央电视台的记者一直在跟着拍摄。记者要我陪着去艺人家里，我亲眼看见张喜民进家门的时候，他家里那种气氛，充满浓浓的温情。老伴、儿子、儿媳、孙子一下子都跑过来，但是农村人的那种羞涩，不像城里人过来就是拥抱呀握手啊，那种羞涩，非常自然真挚。

老腔艺人张喜民家里充满浓浓的温情

你想啊，两个月没有见面，能不想念吗？吃饭的时候我注意到，他们的菜虽然不是很丰盛，一碟盐、一碟辣子、两个小菜，每人一碗面条。但坐在那儿吃饭那种高兴，那种温馨，他们家人脸上展现出的那种幸福感，心中的那份惬意感，让我很羡慕。城里人或许吃饭的时候桌上的菜要比他们丰富得多，但是心里的杂念也多，杂念多了以后心里面就清净不下来。

张喜民老师耿直、善良、朴素、真诚，而这些恰恰就是艺术本身所需要的，他自己可能没有感觉到。但是他的这些东西在影响着周围的人，也在影响着我，传出的能量和信息也在影响着观众。

◆ 不能给老腔丢脸

话剧《白鹿原》在北京演出以后，各大媒体记者隔三岔五就要到双泉村去采访，去拍摄老腔艺人。一开始老腔艺人们看见电视台的人很热情，也很配合，村里人也对他们投来了羡慕的眼光。因为在我的记忆中，在华阴无论是哪个领域，还是哪个行业，能受到中央电视台的关注是从来没有过的。

隔一阶段不是中央电视台，就是东方卫视或者是其他电视台，还有《人民日报》《三秦都市报》《陕西广播电视报》等报纸上都能看到关于老腔艺人和老腔的报道，可谓是电视有影，广播有声，报上有名。

但是艺人们每次配合媒体拍摄要比演出累得多，因为媒体一会儿要拍全景，一会儿要拍中景，一会儿还要重新拍摄。举个例子来说，一段三分钟的《将令一声震山川》，有时候要拍十多遍二十多遍，我站在旁边都为艺人们揪心，但是艺人们每次演出都非常投入。特别是张喜民和张四季，一个是主唱，一个是砸板凳，尤其砸板凳是木块和木板凳硬碰硬，自己亲身体验就会知道那种硬碰硬能把胳膊震得又麻又疼。张喜

每次演出艺人们都很投入，张喜民每一次都是那么卖力地唱，张四季都是那么卖力地“砸”

民每一次都是那么卖力地唱，张四季都是那么卖力地砸。我给张喜民说稍微收一点，要不然这样下去你受不了。张喜民说：“那不行，电视上尽管是几分钟，甚至是十几秒，但是全国人都在看，甚至是外国人都在看，咱们不能给老腔丢脸。”其实一个六十多岁的人二十多次演唱，那纯粹是一口气撑着，我感觉到每次录制完以后，老艺人们都会长长地嘘口气。

张喜民有个习惯，他不管是排练还是演唱都不喝水。我就问他为什么不喝水，他说不敢喝，特别是演出之前，如果喝水的话，口还会更干，会影响唱老腔。能完美展现老腔，这全是靠多年练下的真功夫。

老腔艺人配合媒体在户外进行表演

◆ 不媚俗

自从2006年话剧《白鹿原》演出后，在北京引起轰动效应，媒体关注、报道老腔的比较多，国内外的电视台也都在宣传，所以影响越来越大，艺人们的演出自然而然也越来越多。2006、2007、2008这三年几乎全年都在演出，每年最少一百二十场，加之途中还有些地方加演一场，去两天，回来两天，在那儿还要排练一天，只演这么一场就得一个礼拜。也就是说，艺人们一年至少有两百天都在演出的奔波中。

我给艺人们调侃说，一年去北京的次数比去西安还多得多。2008年一年就到北京去了近三十次，上海还去了三次，到深圳、广州演出越来越多，大多是媒体组织的大型电视晚会，或是咱陕西一些大型高规格的文艺晚会。如果说平均每年演出一百场，那么最少接触了一百个导演，每一个晚会的导演对艺人都有不同的要求，有些过度要求迎合市场，哗众取宠，不适合老腔，就需要我们不断去解释交涉。比如参加2007年在

华阴老腔在人民大会堂参加中国文联2007年春节“百花迎春”晚会

人民大会堂举办的中国文联2007年春节“百花迎春”晚会，最开始的演出设想是给老腔准备二十多个漂亮女娃伴舞，我们演唱的《将令一声震山川》总共只有三分钟，先是让老腔艺人唱到一分多钟的时候戛然而止定格造型，然后穿插进来一个歌手唱流行歌，最后再让老腔艺人唱后边的一分多钟。当时艺人们就接受不了，说：“唉！这样弄是糟蹋老腔呢，实在不行，咱就回。”我说：“大家先不要着急，我给晚会的导演、负责人说一下。”

我先后找到导演、负责人交涉，要求把伴舞和流行歌演唱去掉，但对方表示这是晚会的需要，未采纳我的意见。

就在这个过程中，有十多家媒体围过来，有的采访艺人，有的采访我。我一听媒体记者都是异口同声地支持我们，说这样做是对非物质文化遗产的一种亵渎，所以我更硬气了。

最后，就是按我们排的节目展现给观众了，不要任何所谓的包装，没有任何媚俗。

还有一次在2007年，是一个文艺晚会。就在这个晚会要演出的时候，执行导演提出让艺人把《关中古歌》的音提前录好，一会儿到舞台上演出的时候听着录音只配口型。我说不行，咱这些艺人从来没有这么做过，再说他们演唱老腔的时候即兴的东西非常多，有时可能一高兴八拍唱到十拍，也可能今天精神不好，十拍唱到八拍，如果他听着音乐的话，他就完全被音乐禁锢住了，他就不再有最自然的状态了。

经反复交涉、沟通后，那场演出最后是现场实录，没有放录音。

◆ 在国家大剧院演出

2008年元月28日，文化部组织全国非物质文化遗产精粹会演，老腔艺人到北京演出。

华阴老腔艺人在国家大剧院演出

演出结束后，舞台后边来了两位女工作人员找到张喜民问：“谁是你们领队？”张喜民就介绍了我。其中一位女工作人员开门见山地说：“田青老师你们认识吗？”我说：“我认识，但是田青老师不一定认识我们，他是大音乐家，经常在电视上看到。”这位女工作人员说：“他想邀请你们去国家大剧院演出，时间是2月1日，还有一两天时间。你们能否在这儿等两天？”我说：“没问题。”

田青老师过了一会儿就到后台来了，和这些艺人寒暄了一会儿。他说：“国家大剧院的演出是半年前就定好了的，是中国艺术研究院组织的全国一些非常优秀的民乐演出，是一台完整的音乐会。由于还有两三天就演出了，节目单上没办法把你们再加进去，你们见谅！”我说：“这无所谓！”隔了一天，我们就到国家大剧院进行合成排练了。

在那里演了两场。第一场是音乐会，给我们安排了两个节目，第一个唱的是《关中古歌》，第二个是《将令一声震山川》。演完以后，观众不断鼓掌，一定要让老腔艺人返场。由于我们这场本身是这台音乐会里临时加进去的，田青老师也是这台音乐会的主持人，他给观众说他两天前看到华阴老腔演出，那时他在台下坐着，非常激动，就临时决定邀请华阴老腔加盟这台音乐会。他说：“观众朋友们，咱们留个念想吧，以后还会看到华阴老腔的精彩演出。”但是观众还不答应，一个劲儿地鼓掌。后来田青老师只好让老腔艺人返场，再唱了一个《太阳圆月亮弯都在天上》。到了第二天演出的时候，田青老师给我说：“今天晚上你们就准备上三到四个节目，昨天晚上的演出太火爆了。”

能在国家大剧院演出，艺人们和我都引以为荣。我给艺人们说：“今天是2008年2月2日，记住这个日子！在我的印象中，在咱们陕西不管是专业团体还是业余团体，你们是第一支走进国家大剧院演出的民间艺术家队伍，是值得骄傲的！”

◆ 人民大会堂演出

在国家大剧院演完大约一个星期，文化部又通知我们到人民大会堂演出，同时为张喜民、王振中颁发国家级非物质文化遗产首批传承人证书。

文化部在全国总共授予五十五人为第一批国家级非遗传承人。演出的时候，所有老腔艺人都参加了。国务委员给张喜民、王振中颁发了证书和奖杯，还授予了一个传承人的金色牌匾。

后来到了下午，五十多个非遗传承人在人民大会堂参加宴会。回来以后，我问张喜民他们吃得美不美。张喜民说：“吃得美得很，把人

在国家大剧院演出后不久，艺人们又到人民大会堂演出

紧张的，我跟人家坐到一块儿也不知道是吃好还是不吃好呢，都不知道筷子怎么捉。那些领导好得很，待人和气得很，一个劲儿给我们敬酒加菜，说我们是国宝级人物，希望我们把身体养得好好的，给咱那些中青年回去得好好传承，把这老腔发扬光大。最后吃完饭还跟我们合了个影。”我说：“你们荣幸得很。”

张喜民和王振中拿回来他们的证书和奖杯，还有一个金色牌匾。我说：“你们把这拿回去保存好，这都是你们一生的骄傲。”回来以后，他们都把这金色牌匾挂在家里的大门上。

◆ 三百多场“活着”

2006年6月，老腔艺人推出了第一台老腔音乐会，到2009年已经演了三年了。我给老腔艺人要求重新做一台老腔音乐会。这次要和上次完全不同，这台音乐会要做成散文式的，没什么具体的故事，但有一个大故事。在这台晚会里边，要能够让观众感受到仁慈、悲悯、生命等元素。他们不仅是优秀的老腔艺人，也是中国农民里边最善良、最朴素的一群人，不仅要让观众感受到老腔艺术的独特魅力，更要让观众感受到老腔艺人们朴素、善良、勤劳、高尚的品质。晚会总共有十个曲目，但这十个曲目既是独立的单元，合起来又是一个完整的故事。

这台老腔音乐会排练了将近两个月，在技术层面上对艺人们来讲难度很大，在艺术呈现上又要艺人和老腔传递导演的思想，所以在排练的时候每一个细节都抓得很严。艺人们在这两个月的排练里确确实实地感受到了煎熬，但同时也积累了丰富的舞台经验和表演尝试，我也更明白了作为他们的导演，需要的是什么，艺术风格是什么，要呈现给观众的是什么。

排练成功之后，首场在影剧院演出，反响很好。接着这台音乐会先在上海音乐厅演了三场。后来得到上海世博会邀请，又在世博会上演

音乐会“活着”总共演了300多场，对艺人在体力上消耗很大

出了七场。再接着到天津音乐厅演了四场，还到全国各地巡演。这台音乐会起的名字叫“活着”，也就是说这台老腔音乐会“活着”，从2009年到现在总共演了三百多场。这对艺人来讲，在舞台上一个小时几乎不停，在体力上消耗很大，但确确实实完成了一个大作品。

◆ “白毛”过生日

如果我没记错，2006年6月9日是王振中六十八岁生日，而这一天正是艺人们在北京演出的时候。那天“白毛”到街道买了一件粉红色的上衣。回来以后大家给他买了蛋糕、水果，在北京给他过了一个非常欢乐的生日。但遗憾的是那天我没有在，那天刚好儿子高考，我回到了华阴。后来我返回北京，给老头子买了两瓶酒。我说：“你的生日我没有在，我给你补上。”老头子很感激。

2016年6月9日，我们在北京总政为中将以上的将军们演出，住在京西宾馆。那天我把老头子生日给忘了，"白毛"说："晚上没有事儿的话，到我房子去，我买了两瓶酒，一块儿喝点。"我说："两瓶酒咱们喝不完。"他说："两小瓶，都是半斤装的。"我说："那也喝不完呀。"他说："那二两半的怎么样？"我说："二两半的还行。"

那天晚上就我和王振中两个人，他说不要声张了。但是我又担心他喝多了，因为他一个人住一间房，晚上是一个人睡，血压又比较高，而我又喝不了多少酒。老头子给我一瓶，他拿了一瓶，都是二两半的二锅头。后来我把我那瓶酒喝上一口，又偷偷地往垃圾桶里倒一点，因为他眼睛不好看不清。我害怕他喝得多，我就给他说："我把我的喝完了，你把你的给我再往杯子里倒点儿吧。"他说："你今天晚上还能喝？"我说："我能喝。"老头子就把他的酒给我杯子里倒了半两左右。我说："不行，最少给我倒一两。"老头子说："行啊，可以给你再倒点儿。"我想着老头子喝个一两半应该还是没有问题的，因为他平常也喝点儿酒。那天晚上我们两个人喝了两瓶二两半的二锅头，喝得很开心，喝得很惬意。但有点浪费的是我最少把一两酒倒进垃圾桶里了。

◆ 艺术的声音

历练对一个人来说是一笔财富，一个人如果没有人生历练，他不可能去思考，不可能去感悟出一些东西。比如王振中有先天缺陷，眼睛不太好，耳朵也不太好，可上帝给他闭上了一扇门又给他打开了一扇窗。他在某种程度上来讲也算得上是一个艺术家，虽然他在理论上不太懂，但是他在舞台上确确实实是一个真正的大艺术家。

平时王振中因为年龄大而显得萎靡不振，但只要一上台进入角色，就来了情绪，一边弹起月琴，一边呼应众人吼起来，还不时放声大笑。轮到他主唱时，他还放下月琴，从口袋里掏出没装烟丝也没装水的水烟

“白毛”在艺人中年龄最大，但是一上台就进入了角色

袋锅子，煞有介事地“点上”抽一口。

有一次，在中央电视台演播大厅参加“中国记忆”大型文艺演出，在王振中唱完以后，中央电视台《半边天》栏目的主持人张越说：“尽管我们没有听清楚老先生在唱什么，但是，老先生在唱的时候，我的眼眶都湿润了。我想再悦耳的声音，再清楚的吐字，都不能代表真正的艺术，而真正的艺术是在经过人生历练之后呈现出来的音乐和唱腔，那才是真正的艺术。我想，王老先生八十多年的人生历练，本身就是一种生活的艺术、人生的艺术。”

在排练《好了歌》的时候，我跟王老先生说：“曹雪芹这首《好了歌》，影响非常广泛和深刻。这个内容是悲切的，是比较忧伤的，但是你唱的时候，把它唱得平淡一点，甚至有点不屑一顾地去灵活地呈现它。为什么？人常说，人过七十，境界至高。金钱名利地位对于你们八十多岁的人来说，都是无所谓的，一定要有这种超脱。只有你这个年龄的人才有资格这样超脱，才有资格这样演唱。让我们这些年轻人演唱的话，人家会说我们卖萌呢。”

在舞台上演唱时，王振中老先生把这种情绪呈现得很好，特别是我给王老设计的中间有一个放声大笑的片段，我给他提示到了，王老在我提示的基础上做得更好。他每次演到中间哈哈大笑的时候，台下都是雷鸣般的掌声。按常规讲，那不是一个容易演唱的曲段，但他每次演唱到那段的时候，台下都是雷鸣般的掌声。这说明他唱到观众的心坎上了。王老通过演唱和艺术的呈现，触动了每个人灵魂深处的东西。

“白毛”每次演到中间哈哈大笑时，台下都是雷鸣般的掌声

◆ 完整的曲谱

记得在2007年的时候，我曾经跟王老在一块儿聊天。我对他说：“王师呀，你看咱这老腔口口相传两千多年了，到现在还没有看到一个完整的曲谱，你能不能给咱把这老腔牌子（打击乐）系统地写出来？”王老说：“行！”但是过了两个月，我看王老没动，我问王老写了没有，王老说：“唉！最近屋里事忙，咱这演出也多，没写呢。”我说：“行，那你闲了再写。”再过了几个月，我又问王老写了没有，王老说：“唉！最近屋里事忙！”我后来开玩笑地跟王老说：“你得是不愿意写啊？”王老说：“没没没！”

结果到了2008年年底的时候，王老有一天打电话给我说：“安华，我把咱们老腔这打击乐整个都写出来了，把这个牌子整个也都写出来了，你到我家里拿。”我去了之后，王老把两大本东西——一本打击乐、一本老腔曲牌和月琴的演奏方法交给我。当时我很激动，这是我第一次看到老腔有了一个比较完整、系统的东西。

王老把我领到他家前面的一个房间，说：“你拿回去看，之后觉得有什么问题的话，我这录音机里面还有一些磁带。”在房间里，我发现里边有月琴、板胡、钟铃等好多乐器。我说：“你怎么这么多乐器！”他说：“我们村里面有好多喜欢学的，到晚上就过来了，我就都给教着。我这门随时为老腔爱好者开着。”我高兴地说：“好好好！”

我问王老写这东西花了多长时间，他说：“其实时间不长，一个多月就写完了。”我说：“那这不容易，你写的时候字看得清楚吗？你的眼睛不好。”他说：“你看，我就拿这。”我一看，原来王老戴着眼镜，一手还拿着放大镜。我说：“那在这上面把你的名字签上。”老汉说：“对。”然后把眼镜一戴，放大镜一拿才写字。他写字很困难，这时候我才体会到王老把这两本谱子交给我真不容易啊。这一个多月写完

“白毛”视力不好，整理老腔资料两大本，真不易

这东西付出了很大的努力和代价，眼睛不好，每个音符、标点符号写不好都要改几次，这全部写下来不知道要改多少次！

我把王老那两本谱子拿到手上，觉得沉甸甸的，觉得他很了不起。我把这几本谱子复印了几份，保存到华阴市档案馆，也是为了以后老腔的传承留存第一手资料，为老腔的传承和发展奠定基础。

◆ 人面桃花相映红

有次我问王振中：“王师，你唱这个《人面桃花相映红》的时候，你在想什么？”

他说：“我每次在唱这个戏的时候，我都会看到远处有一个很美好很漂亮的姑娘，离我远去了……”

艺术家常讲形象思维，其实王老从来没有讲过半句形象思维的东西，但是他懂这个形象思维，因为生活对他来说是有积累有积淀的。尽管他的一生中，没有真正地获得过爱情，更没有过两小无猜青梅竹马。但是他在艺术创作中却能运用形象思维，这对一般民间艺术家来讲，是难得的。

“去年今日此门中，人面桃花相映红。人面不知何处去，桃花依旧笑春风。”他的这四句唱腔，曾被中国移动作为彩铃。而很多外地人在听到这四句唱词的时候，大多数人都不知道他唱的是什么，但所有人都能从“白毛”脸上透露出的那种情绪感受到他正在表达着什么。

我还问他：“你唱《征东一场总是空》的时候，中间无奈地把中指咬破，嗨嗨嘿嘿地唱，厉害呀，你为什么要这样唱呢？”

他说：“这样唱不仅很巧妙地运用了音乐和打击乐，同时也形象地体现出这个人咬指头疼的一瞬间的那个表情。你看，人要是把这个手指头一咬，是不是那种表情？”

我说：“对着呢，刚好把弦乐、打击乐和人疼的那个情绪很巧妙地结合了。不能老老实实地按照旋律唱，你要在里面渗透自己的情绪，还要想象着把手指头咬了以后的那个情况，这是一种形象思维，而在艺术创作里，形象思维是特别重要的。作为一个民间艺人，没有人给你讲过形象思维是什么东西，你可能也不知道形象思维是什么东西，但是你已经运用了形象思维，所以你确确实实是一位难得的民间老艺术家。”

◆ 嗓子吃坏了

张喜民从十五岁开始学习老腔，大半生来，他几乎天天早上起来，抱着月琴，到他家后面公园里，蹲在那里唱几个小时老腔。

我问他：“你这样天天唱，嗓子也不坏？”他说：“正因为我天天早上唱老腔，我也不懂什么科学发声，就知道放开唱，上边空气也好，所以你看我现在不管到哪里唱上一两个小时甚至三五个小时，嗓子都不坏。咱们在一块儿十几年了，你啥时候见过我唱坏了嗓子？”后来我问他：“你每天早上唱的时候会不会影响周围村民？”他说：“每次都是走很远的路，离村里至少有一公里。”

我问他：“嗓子为啥每次都有点沙哑？”他说：“过去我师父给我说，把好嗓子唱成坏嗓子，然后不要停，再把坏嗓子唱成好嗓子。”

我说：“你把好嗓子唱沙哑了，科学地讲，声带充血了，不敢唱了，一唱就更坏了。”

他说：“不是的，我‘没嗓子’的时候还唱呢，唱着唱着声音就又出来了。所以你看我这个嗓子唱戏就从来不受啥影响。”

我纳闷地说：“这毫无科学道理啊，但是有些东西用科学还真不好解释啊。”

事实上，从2001年到2018年，张喜民只坏过一次嗓子，而那次“坏”嗓子责任完全在我。那是2008年到香港演出时，演完了以后大家都很高兴，因为首场演出台下的反响特别强烈，观众的掌声经久不息。

演出完了以后，当时香港中乐团的首席指挥请张喜民、王振中和我一块儿出去吃夜宵。在一个非常豪华的大酒店里吃。尽管咱在外边也吃了很多次蟹，但当时上来的那个蟹确实特别好吃。我让张喜民吃，张喜民说不敢这么吃。我说没事，他还是不敢吃。我说你吃吧，这个蟹你不吃那就太遗憾了，我都没吃过这么好的蟹。他推托不过，就吃了一个挺大的蟹。

奇怪的是，第二天张喜民的嗓子就坏了。他埋怨我说：“我说不敢吃不敢吃，你让我吃，你看现在怎么办？我给你说，一个西瓜，一个蟹，这是我最不敢吃的两样东西，只要一吃这两样东西，嗓子马上就出问题。”我说：“赶紧上医院，看有啥办法。”结果到医院后，医生说没有很好的办法，只能打打针，用青霉素喷喉咙，临时缓解，然后再降火。结果到了当天晚上演出的时候，嗓子才稍微好一点点。

张喜民从十五岁开始学习老腔，每天早上起来，唱上几个小时

这就是这么多年来张喜民唯一一次坏嗓子。那时候我给他开玩笑说："还好咱俩不是同行，咱俩要是同行的话，你会不会想着我在害你呢，想把你的艺术生涯给断送了呢。"张喜民哈哈一笑说："你也是好心让我吃呢，其实我见了那个螃蟹，我嘴馋得也想吃呢。我正想着不敢吃呢，你劝我赶紧吃吧，我就嘴馋地吃了，一吃嗓子就吃坏了。"

◆ 夙愿

双泉村的张喜民和张四季的夙愿是他们的后人能够把祖先传下来的老腔传承下去，但是他们的子女没有一个跟他们学的，张喜民于是就抽时间教给他的小孙子张猛。

一次，我就问他为什么不给儿子教，他儿子已经三十多岁了，在外面打工。张喜民说："我给他说过很多次了，他不愿意学。"我问张四季，张四季也说他跟张喜民情况一样，儿子在外面打工，不愿意学啊。

其实，两个老人想把这门艺术传给儿子，但是想一想儿子不学也有他们现实的道理。你说三十多岁了，正是家里的支柱，家里主要的责任、生活的担子都在他们身上压着，再加上这东西确确实实不像一般人想象的那样简单，最少得学两三年。我曾经问过张喜民的儿子，他就说耽误不起时间，现在要养家糊口，不在外面赚钱不行。虽然也想学，但是在家里专门学几年这个，吃什么喝什么？所以张喜民无奈之下只好传承给孙子了。

他给孙子张猛说你每天就像在学校唱歌一样，唱上半个小时，爷爷给你教。张喜民还给孙子做了把小号的月琴。当时他的孙子也就十五六岁，很可爱也很用心。从2006年开始学到现在，如今张猛不管是弹还是唱都很像样子了。

张四季的孙子比张喜民的孙子小，那时还只有四五岁。2007年的时候，中央电视台记者到他们村采访，偶然发现张四季在家里教孙子唱老腔。记者说："张老师，你继续教，继续给娃教。"记者就在那里开始拍摄。结果，张四季教孙子唱，孙子就是不唱，没办法，他就给了娃一块钱让他唱，让等会儿买好吃的。后来他教一句娃唱一句。娃唱了两句又不唱了，张四季给娃说再给你一块儿钱你唱。后来，他说再唱一句，娃说你先给钱。他说还能一个劲儿地要钱，娃说你一个劲儿地要我唱，当然要一个劲儿地要钱。娃挺有意思的，后来张四季不给娃钱，娃就撒腿跑出去了。当时我就在想，这个现象反映出很多问题，连这么小的娃都想着钱好像也不妥，可小孩本能地受着社会的影响，他觉得你叫我唱戏就得给我钱。这事让人思考、联想了很多。

◆ 老腔戏班纷纷兴起

老腔表演时是"倾心而忘形"，让人能触摸到民族的魂灵，感知到文化的精髓。与许多非物质文化遗产一样，华阴老腔同样面临着后继无人的困境，现在的老腔班底平均年龄七十多岁。为了让老腔有传承，华阴市文化局每年都会安排老腔艺人体检，给他们发放补助。当地文化部门也在搜集整理老腔曲谱和剧本，同时开办老腔培训班。2009年，培训班招了第一批学员，有二十五六个人，但年龄都偏大。现在能沉心静气学老腔的人并不多，特别是年轻人。年轻人不感兴趣的原因可能是他们不了解老腔或者是没时间。开设培训班就是希望越来越多的人通过系统培训和学习，传承和发扬老腔文化。我们希望更多的年轻人来学习老腔，让这门原生态的民间艺术薪火相传。

在老腔获得广泛赞誉的同时，知晓老腔的人逐渐增多，各地自发组织的老腔自乐班也逐渐增多。目前在陕西西安和甘肃、山西等部分景区，为了吸引游客，老腔戏班纷纷兴起。他们对照着华阴老腔艺人们表演

关中民俗博物院老腔剧团

的光碟，一招一式地模仿，然后进行演出。从传承的角度，他们有热情，我们是肯定的，这对于老腔的普及、传承是好事，但也有个如何引导的问题。我们希望，老腔的普及传承能始终保持原汁原味，杜绝浮躁，踏踏实实弘扬好这门艺术。

◆ 万米高空唱老腔

2009年、2010年、2011年这三年，是华阴老腔在全国各地演出场次最多的三年，因为老腔艺人们经常坐飞机，西安咸阳国际机场的工作人员都和老腔艺人们熟悉了。

机场一位工作人员见到老腔艺人们时说："你这板凳美得很，好多人连一次飞机都没坐过，你这板凳大概都坐几十次飞机了，我经常看到你们坐飞机到外地去演出。"

那天应该是五四青年节，登上飞机以后，有一位乘务员在飞机上给大家唱了一首歌。突然有个乘客说："这些老腔艺人也在飞机上，叫乘务长邀请咱老腔艺人给大家也来一段老腔！"乘务长一听，说："就是的就是的，这是砸板凳那个老头，给咱把板凳砸一下。"张四季说："很遗憾，板凳在你们这飞机底下那肚子里，取不出来。但现在身边有月琴，有二胡、板胡，还有梆子跟钟铃。"乘务长于是说："今天是五四青年节，那能不能给大家在飞机上唱一下？"老腔艺人都说能行。

后来乘务长就说："我们今天有幸遇到了来自陕西华阴的老腔艺人，让他们给我们来一段精彩的演唱！"艺人们就在飞机过道上唱了一首《太阳圆月亮弯都在天上》，唱完后，机舱里掌声四起。后来乘客们和乘务长一再要求艺人们再来一段，张喜民就再唱了一段《将令一声震山川》。尽管乐器不全，就在那过道上也没有地方表演，但还是让乘客们听得热血沸腾。下飞机后，我给艺人们说："今天咱们是在万米高空唱了一次老腔，值得纪念。”

几乎每次在西安咸阳国际机场、北京首都国际机场或者是其他机场，候机的一个多小时中，时不时有观众过来说：你这是华阴老腔吗？在得到肯定的答复后就有人叫签名的，也有人拉着叫合影的。艺人们也感到有一丝小小的得意。特别是张四季，他好像是成了老腔的标志，大部分人只要一看到他，就说这是华阴老腔那艺人，是那个砸板凳的人。这说明这条板凳和张四季给全国的观众留下了深刻的印象。

◆ 王振中与张喜民带徒弟

王振中从十来岁起，就拜当时的皮影大师吕孝安学习老腔皮影，而吕孝安的技艺也是习自双泉村的张家，张家就是张喜民家族。王振中、张喜民两人虽然师承一脉，但因农村传统的习俗原因，不同班社之间常唱对台戏，竞争不断。起初我在改编华阴老腔时，为了把不同班社整合在一起演出，费了不少口舌，最终让他们站在了同一个舞台上演出并带徒授课。

2009年举办了第一期老腔培训班，招收了第一批学员，王振中、张喜民各带十个学员，教月琴和主唱。王振中教学有法，从定弦开始，把

张喜民与王振中带徒弟，教学有方，教得认真。前者教课认真，累得满头大汗；后者随时教学，不厌其扰

月琴放松钮子，重新定弦。张喜民直接教曲牌和唱腔，教课时认真，不停地指点，累得满头大汗。王振中是孤老，他给学员二十四小时开放教学，不厌其扰。

两个教室相隔十几米，两位艺人都瞅空站在外边听对方如何教授。学习了一阵后，十几个学员坐在一起表演，王振中、张喜民两人坐在下边，我看你一眼，你看我一眼。我最后决定，十几个学生先按照张喜民的练习，几天后再按照王振中的练习，集二人之长。

出乎我的意料，学员们的学习进度明显加快，收效颇丰。

◆ 到美国演出

2008年7月，经美籍华人吴蛮穿针引线，华阴老腔在美国演出。这是老腔艺人们第一次出国，大家非常兴奋，坐了二十几个小时飞机都不累。在飞机上，我始终有一个担心：老腔在美国演出会受到欢迎吗？

在美国第一站是肯尼迪艺术中心。这次巡演中，有五次在城市的大音乐厅，七次是在普林斯顿大学、哈佛大学、麻省理工学院的音乐厅。演出前，关于“打不打字幕”，我和吴蛮争论起来，我认为打出字幕便于观众理解演出的故事，吴蛮坚决不让打字幕。她说你见过贝多芬的《命运交响曲》有翻译和字幕吗？她在美国二十年，是有把握的，可我心中一直很忐忑，害怕开场后观众因为听不懂而离场。

音乐会进行半个小时后我放心了。站在后台，我看见台下观众纷纷和老腔艺人互动，大声呐喊，异常兴奋。结束时光谢幕就谢了二十分钟，观众围着老腔艺人签名、合影。第二天的《纽约时报》头版刊登《来自东方古老国度的摇滚》一文，说明老腔已经产生影响力。

去美国前，我专门给艺人们带了一个烧水壶、一包茶叶，免得艺人们喝不惯美国的水。艺人们吃洋餐不适应，一个个龇牙咧嘴，但是很开心。在纽约，主办方给每人发了四十元美金，这是他们得到的第一笔美金，非常自豪。巡演之余逛街，每到标志性的地方他们都要合影留念。

巡演附带着讲中国的传统文化，能在世界一流的大学课堂上讲老腔，讲中国传统文化，我和艺人们都感到自豪。有一个大学生提问："皮影戏有两千多年的历史，老腔才二十多年，老腔是对传统皮影戏的背叛吗？"我回答说："皮影戏的历史渊源久远，但是随着社会的发展，这种表现形式已经吸引不了更多的观众了。老腔是对传统的一次创新，创新必定有一些突破和尝试。"

在美国演出时，虽然语言不通，那些高鼻子蓝眼睛、穿着礼服、看起来文质彬彬的老外，还是一次次将掌声和欢呼声送给这些来自中国陕

老腔艺人到美国演出后合影

西的农民艺人。演出结束后，我通过翻译跟剧院的经理开玩笑说："我以为这种大剧院只上演高雅艺术，没想到，古老的农村摇滚也一样受欢迎。"经理笑着说："欢迎再来，欢迎再来！"美国之行，这些艺人每人得到了二百二十美元。张喜民将这些美元全都藏在衣箱里。他的哥哥张转民则给两个孩子一人一百美元，自己留下二十美元做个纪念。

这次去美国，我压力最大，一个月时间没有睡踏实，这些老艺人大多有心脑血管疾病，饮食不习惯，语言不通，每天起来我都要看他们的"脸色"，并提醒在附近溜达时一定注意人身安全。巡演结束后飞抵香港，由香港到深圳演出，我才终于放下心来。

2018年3月，我们再次去美国巡演，时隔近十年，艺人们热情已大减，远没有第一次那么兴奋。

王振中和张喜民合影

◆《给你一点颜色》

2015年的一天，我忽然接到一个电话，对方自报家门说她是谭维维，我说我不认识。她说她是一个歌手，想和老腔艺人合作，崔健给的联系方式。崔健我知道，但当时我爱人在西安住院，我就让小李带队去和谭维维谈合作。

在《中国之星》节目的舞台上，谭维维凭借与华阴老腔艺人合作演唱的《给你一点颜色》引发关注。

这次合作《给你一点颜色》在全国反响很大。加之谭维维在陕西及全国各地进一步和老腔艺人合作多次，扩大了老腔的影响力。

作为国内年轻摇滚实力唱将的谭维维，一直以来都被看作是摇滚生力军的代表。谭维维携手华阴老腔首次亮相，便惊艳了众人，完成了中国摇滚乐和民族音乐的结合，引领了新时代的音乐潮流。

回头看，华阴老腔与京剧融合，与摇滚融合，与各种艺术形式融合，但与话剧《白鹿原》融合是我最满意的。

◆ 老腔上春晚

谭维维在卫视的热播节目中携手华阴老腔演唱歌曲《给你一点颜色》，不仅在业内引发了诸多关注，更是受到了众多音乐爱好者的追捧，得到了众多乐迷的支持。2016年猴年春晚，谭维维首登央视春晚舞台，携手华阴老腔带来一首《华阴老腔一声喊》，再次将现代摇滚乐和华阴老腔相结合，将民族音乐推向主流音乐圈。

此次春晚，对于华阴人有着特殊的意义，因为是华阴老腔首次登上了央视春晚的舞台，以一首《华阴老腔一声喊》一夜之间火遍大江南北。该节目也一度从西安分会场临时安排到了北京主会场。当时接到北京方面的电话，确认要参加央视春晚，老艺人们很激动，不顾年迈体

华阴老腔首次登上央视春晚舞台，《华阴老腔一声喊》火遍大江南北

弱，半夜坐飞机赶到北京，凌晨4点就直接进了央视春晚排练场。他们天天吃盒饭，排练了近一个月。“华阴老腔”这项国家非物质文化遗产，此番登上春晚舞台，得到了广泛关注和普遍赞誉。

春晚之后，华阴老腔艺人载誉而归。大年初一中午，老腔艺人们乘坐高铁准时在华山北站下车。华阴市级主要领导早已等候在站台上，为老腔艺人们送上鲜花，向他们此次春晚之行表示祝贺。

十一位老腔艺人不顾连日排练演出的疲惫，在候车大厅里为大家演出了一曲华阴老腔《红红火火过大年》。粗犷的呐喊、震撼的气势，瞬间让候车大厅沸腾起来，掌声、呐喊声连成一片，候车大厅立刻变成了“春晚”的舞台。老腔艺人们刚一走出候车大厅，来自四面八方的父老乡亲立刻将他们团团围住，大家争相与老腔艺人们合影留念，激动地向老腔艺人们表示赞叹和祝贺。锣鼓队、秧歌队也自发地来到广场，迎接他们心中的大明星。大家纷纷感叹华阴老腔艺人为华阴争了光，为陕西添了彩。

在2月15日华阴市总结表彰暨抓落实工作会上，华阴市拿出三十万元奖励华阴老腔艺人，为华阴老腔艺人颁发突出贡献奖，并为老腔艺人们颁发荣誉证书。此次奖励既改善了老人们的生活，也为今后华阴老腔培养新人、筹建博物馆等奠定了基础。

精彩老腔视频，请扫码观看

第四章 老腔中兴

回溯十几年，老腔的中兴不是一蹴而就的，它走出困境之路也不是凭单一力量推广、推进的。

老腔在传承道路上步履维艰，每一步都走得曲折艰辛。有人形象地将老腔的中兴比喻成“是一把把钥匙合起来，打开了一把生锈的锁”。

一、九段唱腔：老腔命运最重要的拐点

2006年5月29日，党安华带着老腔艺人去了北京。当天休息，第二天下午3点，林兆华老师把北京人艺的一百多人集中到北京人艺排练场，他一开始就说：“今天下午让小党带的这些老腔艺人给大家把话剧《白鹿原》中所要用的九段音乐给大家表演一下。”

五十七分钟的九段表演完了以后，大家长时间地给老腔艺人们鼓掌。林老师话不多，慢慢地走过来，走到党安华跟前，拍着他的肩膀说：“小党，我太感谢你了，太感谢咱们这些老艺术家了！”

林老师深深地给老艺人们鞠了一个躬，排练场一百多人又爆发出长时间的掌声。

话剧《白鹿原》最大的成功是引入了原汁原味的老腔表演

经过辛苦的合成排练后，由著名话剧编剧孟冰改编，林兆华导演，第一版由濮存昕、郭达、宋丹丹任主演的北京人艺话剧版《白鹿原》，于2006年在北京人民艺术剧院首演。全剧最大限度保留了故事主线，巧取风水地、恶施美人计、孝子为匪、亲翁杀媳等情节都在舞台上立体地呈现，堪称北京人艺近年来最大的制作。

此前，有人质疑说：北京人艺的味道是烂肉面、炸酱面、烤鸭，白鹿原上的味道是泡馍、水晶饼、油泼面。两者融合后会成为“四不像”！十三年前，伴着质疑，首都剧场初品陕西风味；十三年后，这道大餐已由“北京大厨”反复加工了一百次。

曾有人评价道：“话剧《白鹿原》最大的成功是引入了原汁原味的老腔表演。”

他大舅他二舅都是他舅，
高桌子低板凳都是木头。
太阳圆月亮弯都在天上，
男人笑女人哭都在炕上……

开场的一段，是林兆华特别请《白鹿原》的作者陈忠实写的词，展现最普通的陕西人民的生活。演出一开始，老腔演员就以那憨厚、古朴、原生态的演唱，带来了空前的震撼和心灵冲击力，把观众从繁华喧闹的城市生活迅速带入清末民初的白鹿原。

全剧结束时，漫天大雪纷飞而下，老腔演员集体演唱，如泣如诉、憨厚古朴、悲凉苍劲的唱腔催人泪下。

著名戏剧评论家童道明曾说："我用'苍劲、苍茫、苍凉'来概括《白鹿原》的演出，这老腔唱得我们觉得黄土连天，极目苍茫。这老腔那么粗犷，但在粗犷中有如诉如泣的神情——与黄土苍穹相依时的深情。听着这老腔，感觉到民族的灵魂是可以触摸的，可以感知的。另外让我感动的是北京人艺对地方民间艺人的这份由衷的尊重。"

北京人艺话剧《白鹿原》中九段精彩的老腔唱段是：

第一段：《太阳圆月亮弯都在天上》

他大舅他二舅都是他舅
高桌子低板凳都是木头
太阳圆月亮弯都在天上
男人笑女人哭都在炕上
男人下了原女人做了饭

男人下了种女人生了产

男人下了原女人做了饭

男人下了种女人生了产

娃娃一片片都在原上转

娃娃一片片都在原上转

（著名作家陈忠实作词）

第二段：《征东一场总是空》

征东一场总是空

难舍大国长安城

自古长安地

周秦汉代兴

山川花似锦

八水绕城流

临阵无有文房宝

该拿什么当笔用

无奈口把中指咬

昏昏沉沉疼煞人

中指咬破当墨水

手扯龙袍当纸张

上写着

诚惶诚恐三叩首

拜上高丽圣明君

东至东洋东海岸
西至西洋驼莽山
南至南洋南海岸
北至秦关一方城
长安三地由你管
又管八百文武官
再写三宫和六院
普天之下众百姓
我父基业被我废
顷刻卖了唐社稷

（选自古典老腔皮影戏《薛仁贵征东》唱段）

第三段：《拉坡》

拉坡是老腔音乐中最具代表性的音乐，该音乐高亢、激昂、苍凉、苍劲。

第四段：《六月六日降雪霜》

两次打我八十棍
三次一百二十刑
无奈宿在合奉驿
六月六日降雪霜

（选自古典老腔皮影戏《罗成征南》唱段）

第五段：《收五虎骂开道》

手指开道叫着骂
我把你无知匹夫骂几声
昨日梁王吩咐你
为何过耳全不听
失了沧州还有可
兖州地面风里灯
若王不看梁王面
推出辕门问斩刑

（选自古典老腔皮影戏《收五虎》唱段）

第六段：《惊醒南柯梦中人》

本待与你多讲话
鸡鸣犬吠魂难行
临旁边击一掌
惊醒南柯梦中人

（选自古典老腔皮影戏《罗成征南》唱段）

第七段：《一颗明珠卧沧海》

一颗明珠卧沧海
浮云遮盖栋梁材

灵芝草倒被蒿蓬盖
聚宝盆千年土内埋
怀中抱定山河柱
走尽天下无处栽
清早打粮仓未开
束手空拳转回来
是古人都有兴和败
何况我秦琼运不来
哪国烟尘犯地界
四棱双锏把马排
上阵杀得人几个
唐主圣旨降下来
大小封个乌纱帽
方显秦琼有奇才

（选自古典老腔皮影戏《秦琼打粮》唱段）

第八段：《解放区的天》

解放区的天是明朗的天
解放区的人民好喜欢
民主政府爱人民呀
共产党的恩情说不完
呀呼嗨嗨咿咳呀嗨
呀呼嗨呼嗨，呀呼嗨嗨嗨

呀呼嗨嗨咿咳呀嗨

（选自民歌《解放区的天是明朗的天》）

第九段：《将令一声震山川》

将令一声震山川
人披盔甲马上鞍
大小儿郎齐呐喊
催动人马到阵前
头戴束发冠　身穿玉连环
胸前狮子扣　腰中挎龙泉
弯弓似月样　狼牙囊中穿
催开青鬃马　豪杰敢当先
正是豪杰催马进
前哨军人报一声

（选自古典老腔皮影戏《薛仁贵征东》唱段）

共为九段，其中第三段《拉坡》为纯音乐部分。

实现成功嫁接的华阴老腔，一经亮相，命运开始出现重要拐点——伴随话剧《白鹿原》的火爆，华阴老腔自此名扬天下。

二、“混搭”：华阴老腔突破濒危之境

“混搭”似乎成为华阴老腔突破濒危之境的绝招。

20世纪90年代初，张艺谋拍摄电影《活着》时，片中葛优饰演的福贵有演皮影的戏份，王振中在剧组中担任皮影戏的配音。

两年后，华阴老腔“混搭”进陈道明主演的电影《桃花满天红》中，王振中唱的一曲《人面桃花相映红》，至今仍让不少人难以忘怀。

如果说老腔“混搭”电影《活着》《桃花满天红》只是让人们知道了老腔的存在的话，那么老腔“混搭”话剧《白鹿原》则让观众对老腔有了面对面的深入了解。2006年，导演林兆华在话剧《白鹿原》中借“老腔辅助故事的叙述”，从而为改革后的老腔走向全国、走出国门提供了一个重要契机。

话剧《白鹿原》与老腔的“混搭”非常成功，将濒临危境的老腔由

老腔影响愈来愈大，也有了许多外国粉丝

老腔艺人参加《星光大道》演出

陕西推向了北京。北京观众接受了老腔，演出为话剧《白鹿原》大增异彩，华阴老腔在新闻媒体和政府的不断推广中走向了全国。

2015年5月9日，西安警花陈卫在央视《星光大道》月赛中混搭华阴老腔，演绎了一曲《在希望的田野上》。一个歌声细腻温柔，一个吼得尘土飞扬，珠联璧合，让所有评委感到震撼。这也是老腔与民族唱法歌者的首次“混搭”。

2015年12月，在东方卫视《中国之星》节目上，谭维维邀请五位陕西民间老艺人，共同演绎一首“华阴老腔”改编的摇滚乐《给你一点颜色》。席地而坐的老人以板凳、震木、板胡、月琴为乐器，谭维维则手持响锣，有秦东大汉的豪迈气魄，再加上她铿锵有力的呐喊，中国乐坛在这一刻炸开了！

老腔艺人在法国演出

《给你一点颜色》把濒危状态的老腔和摇滚乐以“混搭”的表演形式呈现在广大观众面前。发源于西方的摇滚乐，根植于黄土高坡的老腔，这是两种看起来没有任何关联性的艺术形式，却在《给你一点颜色》中完美融合，苍凉、原生态的华阴老腔与现代摇滚的融合不仅让人热血沸腾，更让人们好奇谭维维身后手持月琴、二胡，还有独特的“打击乐器”长板凳，着装鲜艳、声音浑厚的几位老艺人。

演出前谭维维甚至不太自信，说这个节目未必完美，然而结果是这首歌很完美。

《给你一点颜色》（作词：陈忠实、路树军、谭维维）歌词采用两段式，都是前四后八句式。第一段体现的是过去：

当谭维维遇上老腔，在乐坛无异于一声炸响

女娲娘娘补了天，剩下块石头是华山。鸟儿背着太阳飞，东边飞到西那边。

这是在对神话中作为陕西省标志的华山的追忆，是一个地方起源的传说，暗示着是上天赐给了我们这块土地，那当然要好好珍惜。

第二段前四句：

天空和大地做了伴，鸟儿围着那太阳转。华山和黄河做了伴，田里的谷子笑弯腰。

在天空、大地、鸟儿、太阳、华山、黄河、田里、谷子各种意象的拼贴中，展示了一个和谐有序的自然场景。但后面是惨淡的现实，是失落和追问。

后八句又具有两个层次，是并列式的。第一段后八句：

为什么天空变成灰色？为什么大地没有绿色？为什么人心不是红色？为什么雪山成了黑色？为什么犀牛没有了角？为什么大象没有了牙？为什么鲨鱼没有了鳍？为什么鸟儿没有了翅膀？

上天赐予的东西为什么被糟蹋？这是在拷问为什么依赖于大地生存的动物被残害。

第二段后八句：

为什么沙漠没有绿洲？为什么星星不再闪烁？为什么花儿不再开了？为什么世界没有了颜色？为什么我们知道结果？为什么我们还在挥霍？我们需要停下脚步，该还世界一点颜色。

前面四句与第一段对应，是对自然生态恶化的质问。后面四句道出了真相，原来我们是知道会有这样的结果的。那么为什么还要这么做呢？这就是一种对人性的拷问，对现实的质疑。前后两段形成了一种反差，具有了戏剧冲突，加之语言通俗、直白，容易理解，在与观众的沟通上毫无障碍。正是这种质问，将歌者与观众拉到了一个统一的立场。对于现代化带来的生态恶化与危机，对于明知故犯的人为破坏，很多人是有切身感受的。

崔健称这首歌为“教科书式的作品”，刘欢说这首歌每个音砸到地上都能冒烟……不管风评如何，这种跨界“混搭”也算是对传统戏曲剧种推广和保护的一次成功尝试。

2016年2月7日晚，中央电视台春节联欢晚会播出。谭维维在春晚中

华阴老腔登上2016年春节联欢晚会

表演的节目为《华阴老腔一声喊》，将华阴老腔与现代摇滚再次融合，在内容上挖掘更深，歌词尽量以老腔唱词为主，使得节目更具传承性与民族性。

华阴老腔与现代摇滚的数次完美融合“混搭”，让观众感受到了“黄土与摇滚、弦乐与电声的碰撞”。网友看完节目后表示“太震撼了”。

喊了千年的老腔，沉郁悲壮、粗犷豪迈，喊火了。春晚之后，华阴老腔的邀约演出就没断过。一时间，不仅谭维维成为备受瞩目的焦点人物，华阴老腔的艺术家们的电话也几乎被打爆，采访邀约接连不断。虽然引来不少的争议，但是“混搭”的效果让华阴老腔“名满天下”！

2018年12月25日，渭南师范学院教师白霜创作的一首豪气十足的《倚剑行》，把国家级非物质文化遗产——华阴老腔与现代流行乐相结

老腔艺人赴香港演出

合，既唱出了老腔刚直高亢、磅礴豪放的气魄，又唱出了流行乐仗剑走天涯的武侠风格。

白霜及其所在的大学生老腔剧团的成员演出五十多场之后，许多人对老腔的认知度越来越高。2018年，他们两次登上央视参加演出，收到众多好评。现在，渭南师范学院大学生老腔剧团已由2016年成立之初的十一人发展成为拥有六十多人的团队。在日常表演老腔的过程中，创新是白霜及其团队成员一直在尝试做的事情。他们会在表演中把古筝、笛子、架子鼓等与月琴、板胡、钟铃等老腔特色乐器相结合，让传统的表演具有了新的特点。下一步，他们打算尝试把老腔生活剧以话剧的形式演出，让更多人了解并喜欢上老腔。

三、保护与传承：老腔不断创造辉煌

曾经，传统文化传承处于濒危状态，这引起了国家的重视。2002年11月，文化部启动了“中国民族民间文化保护工程”，全国掀起了非物质文化遗产的申报热潮。

华阴市文化局闻风而动、闻令而行，高度重视，确定了以地方戏曲为切入点，加强民间文化抢救保护工作。由于老腔在剧种和剧史上的特殊文化优势，它就成为华阴市申报非物质文化遗产的首选项目。

首先，文化局牵头组织开展了对华阴老腔的专项社会调查，对艺人和存在班社进行了摸底，并对现藏剧本、剧目及音像制品重新整理汇编，建立起老腔艺术档案。其次，协助艺人健全了现有的班社，充实了演艺阵容，利用各种社会文化活动和传统节日，为老腔演出争取一些活动空间，并在华阴岳庙街和城区多次举办老腔会演，引导广大中青年观众走近老腔、认识老腔、爱上老腔。

为了便于观摩演出，文化局还在文化馆开设了老腔演艺厅、皮影实物陈列室，为班社添置了乐器道具，制作了皮影戏活动舞台。对一些家庭经济困难的艺人给予生活补助，鼓励老艺人招收门徒，传承老腔技艺。

为了打破老腔表现形式的局限性，增强其艺术表现力，文化局委托有一定艺术素养的文化专业干部，对华阴老腔在遗产保护的前提下进行了大胆而稳妥的革新尝试，工作由取得导演资格的党安华总体负责和指导。

2002年，华阴老腔艺人排演了由王忠亮编写的老腔舞台移植剧《劈山救母》。2003年，排演了由党安华编导的《古韵乡趣》，首次将老腔由封闭的后台推向前台进行开放式表演，摆脱了固有的皮影表演模式，使老腔戏剧表演的视觉效果大大强化，并赋予了时代气息，抓住了现代人的审美需求。这部剧获得了渭南市创作、导演、舞美、表演一等奖。之后又排演了系列情景老腔节目《取中山》《赞三秦》《喜喜旺旺是希望》《关中古歌》等，取得了明显的艺术效果和社会效应。

鉴于老腔的社会效应，“申遗”条件已经成熟。2005年，华阴市文化局成立了“华阴老腔遗产申报工作小组”，由时任局长张富强任组长，由文化馆退休干部王忠亮、局业务股长党安华等人组成专业班子，对老腔进行了现状核实、数据整理，以及理论探讨、编写、报文的遗产申报工作。

2006年6月，国务院正式批准了华阴老腔的申报，并将其列入国家首批非物质文化遗产名录，向社会公示。“申遗”的成功，提高了华阴老腔在全国文艺界的知名度。

2006年6月，由著名演员濮存昕主持的“老腔原生态作品音乐会”，在北京中山音乐堂演出，获得圆满成功。谢幕时，掌声雷动，经久不息。

在北京中山音乐堂演出时，艺人们多次谢幕

老腔艺人参加“国风·秦韵——陕西传统文化（晋京）展演民族音乐会”

此后，老腔的应邀演出活动更为频繁，如应香港中乐团特邀演出的《关中古歌》《人面桃花相映红》和开放式皮影表演戏《三英战吕布》等。此外，中央电视台、陕西电视台、香港凤凰卫视等三十多家媒体相继进行了专题报道。一时老腔文化风靡华夏，创造了中国民间戏曲史上的奇迹。

华阴老腔的走红，很快地提升了其社会文化地位，同时也增进了华阴人对这一乡土文化的思想感情。班社在民间的演出场次也有新的提升，年均演出达五六十场。包场费由之前的二百元，提高到四百元，翻了一番。

当地政府和民间团体为保护和传承华阴老腔做了不少卓有成效的工作，成立了“华阴老腔保护发展中心”，加大了对老腔的扶植力度。在班社组建的资金扶持及传承人的培养等方面做了大量的工作，除对原有的处于瘫痪状态的班社进行了恢复重组外，还扶植了新成立的王拴稳班社等，

老腔艺人参加第六届中国曲艺节

并对这些班社给予尽可能的资金扶助，帮助解决实际问题。

为了以高质量演艺水平参与对外文化交流活动，发展中心又从现有的老腔艺人中遴选出精兵强将，于2007年正式成立了华阴市华山老腔艺术保护发展中心。中心下设华阴老腔民间艺术团和华阴老腔培训中心。华阴市华山老腔艺术保护发展中心主要任务是挖掘、整理、保护和发展华阴老腔艺术事业，组织民间老腔艺人演出，并在国内外进行多种形式的文化交流。截至2009年底，该中心已经组织老腔艺人赴美国、日本等国家知名城市，以及我国二十多个城市演出四百余场。

另外，发展中心还组织老腔艺人赴中国音乐学院、中国青年政治学院、北京大学等院校演出。发展中心的新创老腔节目《太阳圆月亮弯都在天上》，荣获全国第十四届群星大奖；《关中古歌》荣获首届中国农民文艺会演金奖。

2007年，老腔第一次登上了中央电视台“千秋华宴——2007春节戏曲晚会”的舞台，同时又受邀参加中国文联于人民大会堂举办的“百花迎春”春节联欢晚会的现场演出，随后又赴上海、成都、深圳、香港、苏州等地演出；著名歌手任贤齐赶到华阴跟“白毛”等人学唱老腔；韩国国家电视台甚至到华阴双泉村，费时一周拍摄老腔艺术专题片。

2008年9月，由陕西演艺集团陕西省京剧院创作的京剧《风雨老腔》获得巨大成功。该剧通过李、洪两家老腔班社的恩怨情仇故事，塑造了一批性格耿直的老腔艺人形象。

2008年12月，华阴老腔参加了央视“纪念改革开放30周年”大型文艺晚会。老腔原生态作品还应邀赴上海参加了第六届国际音乐节演出。

为壮大老腔演艺队伍，华阴老腔培训中心于2008年9月正式成立。2008年，招收了第一批二十五名学员。2009年，第一批学员组成班社，开始在公开场合演唱老腔经典曲目，受到群众欢迎。

2008年，张喜民、王振中被文化部授予“国家级非物质文化遗产项

华阴市老腔传承培训班开班

老腔艺人参加首届中国农民文艺会演

张喜民、王振中获得“国家级非物质文化遗产项目皮影戏（华阴老腔）代表性传承人”称号

目皮影戏（华阴老腔）代表性传承人”称号。

2009年，华阴老腔代表陕西参加全国“女娲杯”文艺会演并获得金

国家级非物质文化遗产项目代表性传承人音乐舞蹈专场演出

奖。赴我国台湾参加了“国风”演出。其后，还应邀赴美国纽约、洛杉矶参加了中国文化艺术节演出。

2010年，关中民俗艺术博物院老腔剧团的成立，为进一步推动老腔非物质文化遗产项目传承及保护提供了舞台。

为了保护现有老腔艺人，华阴市文化局每年都会安排老腔艺人们体检，并给他们发放补助，请他们搜集整理老腔曲谱、剧本和音像资料，录制老腔音乐会光碟，并协助市政协出版了《华阴老腔》系统资料。

文化局还不断探索发展文化旅游产业的新途径，先后与西安曲江文化产业集团、华山管委会、华山关中民俗风情山庄达成合作演出老腔的意向，建成了投资一百万余元的华山民俗演艺中心，尝试在西安和华山风景区固定演出老腔，使老腔艺术真正和旅游接轨。

2012年，有意识地使用老腔元素的电影《白鹿原》在全国热映，再

2012年老腔艺人参加中国民族民间歌舞乐盛典

次形成对老腔的强力宣传。

2012年8月3日，《光明日报》第十三版用一个彩版，配上了演出图片、油画，推出陈忠实的文章《白鹿原上奏响一支老腔》，充分展现出老腔独特的魅力和浓郁的地方色彩。

2014年，老腔再度登上《新闻联播》，题为《咱们村里的新鲜事："老腔"艺人的春晚梦》的短片，介绍了老腔与马年春晚失之交臂的过程，并对老腔融入流行元素的开放式表演进行了介绍。

2014年8月23日，在华山售票处，华山景区组织华阴老腔艺人们为游览华山的游客举行了首场义演，节目主要有《太阳圆月亮弯都在天上》《关中古歌》等。华阴老腔艺人们浑厚激昂、铿锵有力的唱腔及动作，赢得了游客们的阵阵掌声。据了解，这次义演后，华阴老腔艺人每年都为游客义演二十场。

老腔艺术和旅游“接轨”

老腔艺人为游客表演

华阴老腔参加春节团拜会文艺演出

2014年10月，由陕西旅游影视集团和西安高峰影视等联合制作的电影《老腔》，亮相第二十七届东京电影节。电影《老腔》以陕西华阴著名老腔艺人、国家级非物质文化遗产华阴老腔代表性传承人——“白毛”王振中为原型，通过讲述一个家族几代人对老腔艺术的坚守和执着的传承，揭示华阴老腔的艺术魅力。这也是国内第一部以老腔艺术为题材的电影。

2015年2月26日起，陕西人艺在国家大剧院开启两台大戏晋京演出的帷幕，一是展现西北油田六十年峥嵘岁月的《你在灯火阑珊处》，二是《白鹿原》。华阴老腔作为陕版《白鹿原》的重要声腔符号出现，不过选取的不是高亢的篇章，而是华阴老腔中最柔情的一段。

2015年3月1日，华阴老腔亮相以“一展民俗风采、共承两岸文脉”为主题的“海峡两岸民俗文化节”开幕式。来自福州市五区七县以及台湾地区的民间艺人纷纷登台献艺，舞狮、钱棍舞、肩头戏、茶亭十番音乐、梅邑十番音乐、大头娃娃舞、花篮秧歌舞等十三个民俗节目让人目不暇接，华阴老腔作为压轴节目，把现场的气氛推向了高潮。

2015年4月2日，六位华阴老腔艺人登上西安北至深圳北的G824次高铁列车，为清明小长假乘坐这趟列车的旅客带来了一场原汁原味的关中民俗视听盛宴。在车厢里，近乎原始、苍凉悲壮、粗犷豪放的“远古之音”震撼了旅客，观众不时报以热烈的掌声。

2015年5月16日，渭南市“文化根脉薪火相传——秦东非遗进校园”活动启动。华阴老腔等一批特色非遗项目陆续走进渭南各中小学校园，与学生们零距离接触。

渭南师范学院作为秦东地区唯一的一所高等院校，出于保护传统文化的目的，华阴市文化局也与渭南师范学院丝绸之路艺术学院签订了传承华阴老腔的教育实习基地共建协议书。

2015年9月5日，《人民日报》刊登了《华阴老腔》一文，这是一篇描写华阴老腔舞台表演艺术的散文，文章磅礴大气，被选入全国盲文教材和多地的语文高考试题中。

如今的华阴老腔空前活跃，不仅重新组织起不少演出班社，许多具备演出天资的年轻人也亮开了嗓子。张氏老腔第十一代传人张猛先后五次登上央视推广老腔。华阴老腔的这几轮走红，也让张猛生出凭着家族“衣钵”谋生的希望。在福建读书的那几年，每个假期他都要赶到全国各地，陪着爷爷站到《开门大吉》《渴望现场》等大大小小的展示、宣传华阴老腔的节目舞台上。

小时候因为爸妈工作很忙，张猛断奶之后，爷爷每晚去演出都带着他。到了十多岁的时候，张猛已经能唱独立的剧本了，虽然还不够成熟，但华阴老腔的种子已经埋在了他的心中。爷爷得知张猛要参加《渴望现场》节目，还特意叮嘱他：“上节目就是唱，不能拿着你不成熟的

张猛登上舞台演唱老腔

年轻的老腔学员在台上表演老腔

华阴老腔招摇撞骗，作为赚钱的筹码。”

带着使命，张猛来到了《渴望现场》的舞台，不问结果，他一心只想借着这次机会，向更多人展示华阴老腔，特别是希望能吸引年轻人的关注。他还说，自己以后将回家继续跟爷爷学习老腔，并从事老腔文化保护工作，将这一民间经典传承下去。

四、老腔诞生的三个农民明星

曾一度无人喝彩的老腔得到了无数掌声，默默无闻的老艺人们也成了明星。

生活中的老腔艺人们其实是一个沉默的群体，话不多，总是露出憨憨的笑容。然而，当他们开口吼唱时，表情瞬间丰富起来，随心所欲地释放沉寂已久的内心情感。

舞台上的老腔艺人们是抢眼的演员，而生活中的他们是地道的农民。来到双泉村后，让人颇感意外，华阴老腔虽早已享誉全国，甚至还远渡重洋，多次到国外演出，可这些老艺人的家在村里一点都不显眼，很普通，有的家境看上去甚至还很贫寒。

若是遇到农忙与演出有冲突，这些农民演员还要犹豫一番，是下地还是上台。他们说，演出挣不了多少钱，也就是养家糊口，所以不演出的时候就会到地里干农活。

若是遇到农忙与演出时间有冲突，艺人们还要犹豫一番，是下地还是上台

◆ 太华奇叟“王白毛”

“风花雪月平凡事，笑看奇闻说炎凉。悲欢离合观世相，百态人生话沧桑……”架起琴，搭上弦，面前这位八十多岁的老人拨弄起手中的月琴，口中一腔慷慨，唱出人生的苍凉。

他叫王振中，眉发如雪，天生一副好嗓子，唱起老腔浑厚苍凉。他是一个民间艺术怪杰、国家级非物质文化遗产传承人，也是年纪最长的华阴老腔艺人、最早参与电影拍摄的老腔艺人，享受国家津贴。

因为生来有白化病，肤色与毛发皆白，人们不叫他王振中，只叫他“王白毛”。得了“白毛”的称号，他也不见怪，这反倒让他在一众老腔艺人中最为醒目。

从很小的时候开始，“白毛”就知道了自己长大后是个唱戏的。他排行老大，自己有白化病，三个弟弟妹妹都正常。

“可能老天爷觉得我可怜吧，让我从小就比其他孩子都聪明，什么文章，我看过两遍就能背，虽然看不清黑板，可成绩依然是班上最好的。”他说，“我上了三年半的学就退学了，因为我爹得食道癌死了。突然间，生活就苦了。我那年十一岁，每天要犁地、拉车、绞水、编箩筐、打芋箔、烙锅盔……弟弟妹妹都小，为了生计，我什么都得干，眼神还不好。好在我有爱好，喜欢戏，身体再累，唱几句就舒服了。”

他天资聪颖，多才多艺，于老腔、秦腔、迷胡、拉花等地方剧种都是行家里手，编、导、演、唱、弹、拉无所不能。而且精通乐理，中西贯通，还能移植和编写剧本。1958年，他应聘担任了县文工团的音乐教练，后跟老腔艺人吕孝安专攻老腔，一登台便一炮打响。人们称赞他：

太华有奇叟，眉发白如银。
逢场唯作戏，孤坐常抱琴。
声撼白虎帐，弦拨龙门阵。
宝刀何曾老，犹自将千军。

“白毛”忘情演唱

“吕孝安虽然是我师父，可他有些保守，觉得戏不能轻传。可我记性好，他的那些戏，他唱过两遍我就会唱了。所以，他还没来得及教我一句，我就都自学会了。”他笑着说。

除了唱戏，“白毛”还爱看书，没有学上时，就更爱看，《西游记》《三国演义》《封神榜》，也不知道看了多少遍。他也喜欢自己写东西，一次突然想起了早早过世的爹，心里很难受，就写了《哭灵》：

实难忘，父为儿，饥寒无常；实难忘，父为儿，东来西往；实难忘，父为儿，昼夜奔忙；实难忘，父教儿，忠厚善良；实难忘，父教儿，克勤克俭；实难忘，父教儿，精务农桑。

1952年，县上筹办成立了集体文化组织“革新社”，“白毛”被吸纳在其中。“白毛”认为民间戏曲也需要不断创新，才会有自己的艺术生命，他在继承传统的基础上对老腔的乐器和曲谱做了一些大胆的尝试，但总是得不到革新社内正统流派的赏识，只好自立门户，成立了“永胜班”，进行社外业余民间活动。他的名气很快攀升，竟能与一些知名的老腔前辈抗衡了。“白毛”嗓音洪亮浑厚，善于塑造人物性格，不落俗套，在演出活动中经常与革新社旗鼓对垒，使革新社的演出受到一定影响。

1958年6月30日，他以初生牛犊不怕虎的精神与被誉为“老腔正宗”的张全生在城西对台，一个唱《丁山征西》，一个唱《马灵官三投胎》，赛得旗鼓相当，难分难解。这天晚上，河南有人来请张全生的戏，但看了两家对台以后，却变了主意，改订了“白毛”的戏。他在连演几天，场场爆满，从此他的名气就传到了河南。

几十年来，只要把戏箱往独轮车上、骡子背上一放，或是往汽车上一放，“白毛”心里就高兴，不管有多远都要出门献艺。那时候，人们都喜欢听戏。“白毛”什么时候到，塬上的台子都是搭好的。

有一次，他们去洛南驾鹿唱戏。那天，雪下得特别大，到的时候已是晚上，但台下还是站满了看戏的人，头发眉毛都白了，远处的火把还朝这边拥。这场面把“白毛”他们激动坏了，忘记了饥饿和疲惫，马上登台，一唱唱到了天亮。

“文革”时，传统剧目一概封杀，华阴老腔当然是在劫难逃。不能再上皮影戏台演戏，这是老腔艺人最大的痛苦，因为对他们来说，老腔就是他们的生命。一天晚上，郁郁不能入睡的“白毛”，实在忍不住久抑于心的老腔戏瘾，冒着被打成“牛鬼蛇神”的危险，偷偷地钻进了自己藏有皮影箱的黑房子，挑起皮影，过了一阵传统老腔的戏瘾。真是“没有不透风的墙”，不知是谁告了密，他的“罪状”被红卫兵抓到了，红卫兵闯入家门，翻箱倒柜，抄没了他的戏箱，并当着他的面把皮影焚烧在巷道里。

“白毛”是个硬汉子，家里出再大的事，也未能挫败他，可是，这回他面对着熊熊的火焰，滴下了悲伤的泪水。

“白毛”也是最早参与电影拍摄的老腔艺人。1993年，张艺谋拍摄电影《活着》时，片中葛优饰演的福贵有演皮影的戏份。《活着》编剧芦苇是西安人，几年前曾来华阴听过“白毛”的戏，就举荐他去剧组。“白毛”在剧组中担任皮影戏的配音和指导。至今回忆起给葛优教唱腔和动作，“白毛”都记忆犹新：“当时葛优念词，他用普通话，我说不行，你演这个得学陕西方言。我就一句句教给他，葛优学得很快！”

两年后，陈道明主演的电影《桃花满天红》仍是一个与皮影有关的故事，“白毛”这次去指导的是陈道明。“白毛”唱的一曲《人面桃花相映红》，至今仍让不少人难以忘怀。在片中，陈道明饰演皮影班社的当班小生满天红，有大段的唱段，都是“白毛”所教。小说《白鹿原》被改编为同名话剧时，导演林兆华托陈忠实找几个唱秦腔的民间艺人参与演出。陈忠实突然记起他看过的一场老腔演出很“带劲”，就又找了“白毛”等老腔艺人。老腔艺人一开口，陈忠实发现林兆华“眼睛都直了”。林兆华当场拍板邀请“白毛”等人参与话剧《白鹿原》的演出。

2013年，“白毛”为一期电视节目演奏时，在酒店里摔了一跤，伤得不轻，出院后就不再公开演出了。随后他把自己多年的戏箱子也卖了，彻底淡出了公众视野。

2016年阴历年除夕夜，谭维维携华阴老腔亮相中央电视台2016猴年春晚，演唱《华阴老腔一声喊》，完成了中国摇滚乐和民族音乐的结合。“白毛”不在其中，因为他的年纪实在是有些大了，身体情况和嗓子已不太好。在采访时他多次表示自己“气短着呢，唱不成，教人还凑合”。

提到传承，王老的表情明显沉重起来：“你一说传承，我心情就不太好了，可能二十年三十年后，你们再看老腔，就要到博物馆去看了。”尽管现在老腔的势头很猛，当地也一直在开办老腔学习班，“白毛”也是主讲之一，但面对学生，他还是感到担忧：“学的人倒是很多，但是年龄太大了，有的比我还大。说句不好听的话，可能我还没下世，学生就走到我前头去了。”

“不是说年轻人不学，还是经济账，唱老腔能挣钱，那就是工作；不能挣钱，那就是爱好。”

“白毛”是孤老，一辈子没有成家，收养一子。儿媳姓杨，是性格开朗、阳光外向的一个女子，把老人赡养得满面红光、身心舒坦。“白毛”耳朵不好，听人说话时，得用手围在耳边；眼睛也不太好了，看东西得眯起来。采访时，“白毛”带我到二楼存放乐器的两间房子，敲了一段云锣，手脚还是那么灵活，节奏铿锵。

“白毛”所有的乐器都是自己亲手做的，也就有了感情和灵性。据他说，曾经有一把月琴特别神，把它挂在床头的墙上，它有时会突然自己响。这就是给主人说，请戏的人要来了。响一声，不出三天就有人来请戏；响两声，说明请戏的人已经在路上了，当天就能到。后来，这琴不再响了，就算有人来请戏，它也不响了。“白毛”想，它是应该退休了，就做了个长条的木盒，把弦的部分保存起来。

王老虽逐渐淡出舞台，但是为了把老腔绝活传下去，仍然摒弃门户之见，老骥伏枥，坚持授徒，教授弹琴和唱曲秘诀。他对外放出话：给学生二十四小时开放学习，不厌其扰……

末了，夕阳温暖的余晖洒在院子的少半边，“白毛”抱起月琴，眯着的眼中闪着一星半点的泪花，百味杂陈的一曲“去年今日此门中，人面桃花相映红。人面不知何处去，桃花依旧笑春风”，充满沧桑和凄凉。人生一台戏，日月两盏灯，余音绕梁中，好像人生中那个美好的女子，正离他越来越远……

◆ 秦东大汉张喜民

华阴老腔艺人张喜民，是名震一方的老腔艺人张全生之子，善唱武戏。2008年，他被评为首批“国家级非物质文化遗产项目皮影戏（华阴老腔）代表性传承人”。

张喜民身材高大，声音沙哑，举止威严，俨然一个秦东大汉。演出时爱穿一件暗红色中式衣裳，在后台则总是抱着月琴静静地坐在自带的高凳上。月琴是八角形的，老腔演出少不了它。

华山脚下的双泉村，张喜民家就在村庄的最顶端，他的小院与村里乡亲家的无二致，只是门头上挂着的“老腔世家”牌子表明他的独特身份，挨着的是他哥张新民家。

华阴老腔皮影戏本是张家的“家窝戏”，用于自娱自乐、自我消遣，并且只传本宗本族本家男性。直到近代，才有外姓人偷学到技艺。但老腔的“正宗”，始终是双泉村张家。

回忆起当年学唱老腔的往事，张喜民说：“当时家里条件不好，想多学门技艺，多个糊口的营生。老腔又是家传的，那时候根本不知道啥叫传承，只是到了农闲的时候就跟着父亲唱，到了我这一代是第十代了。”

1962年，张喜民开始学习老腔，父亲送了一把琴给他。琴上现在还能见到用毛笔写的“62”字样。他幼时刚学识谱，用的是传统的工尺谱，那些密密麻麻的字符，如今在大部分人眼中如同天书。唱词之外，唱曲则主要靠一代代艺人的口传心授，这也是张喜民家之前秘不外传的“传家宝”。

学艺得下苦功夫。“生旦净末丑”在老腔这个剧种里一样不缺，只不过这五种角色都由主唱一人担纲。因此，主唱的嗓音天赋和下苦功夫就尤为重要。那时每天天不亮，张喜民就起床，对着村前一口池塘吊嗓子。

当时他刚刚十五岁，学艺五个月后就登台演出，一出《罗成征南》使他声名大噪。有人说他“气死全生，吓死白毛”（全生即张全生，“白毛”即王振中，二人均是老腔名角）。

后来，张喜民成立了老腔班社，名声越来越响，以张喜民为班首的老腔戏班远近闻名，从双泉村一直唱到山西、河南。20世纪80年代行情最好，一年演出上百场。人们赞誉他：

恢宏承汉魏，雄奇继宋唐。
征帆皆逝远，余响自悲凉。
土声传四海，古调誉三江。
三河日夜流，清音万古扬。

老腔非遗传承人张喜民

20世纪90年代后期，班社的生意一落千丈，庆典、祭祀不再请老腔演出，往往以电影、文艺演出取而代之，电视机也把戏台前的村民都拽回了各自的屋里。

幸运的是，在电影《活着》《桃花满天红》里曾零星用到老腔。后来，华阴市老腔艺术保护发展中心主任党安华找到了张喜民，和其他的老腔艺人一起，把这一声吼从皮影戏的幕后吼到了台前，吼到了张艺谋的电影里，吼到了《白鹿原》的话剧舞台上，吼到了春节联欢晚会的演播厅中，吼到了人民大会堂的穹顶下。他们甚至漂洋过海，吼到了美国的音乐厅。

无论从相貌还是穿着看，张喜民都是一位地地道道的秦东大汉，一口地道的方言，笑起来颧骨突出，额上堆满纹路。拨弄着手里的八角月琴，说起华阴老腔的传承，他时而沉思，时而欢畅。张喜民表演了一段表情戏，大笑、奸笑、冷笑……生动而丰富。用张喜民的话讲，无论是华阴老腔还是皮影戏，原本就是一门“谋生的行当”。老张家祖祖辈辈，也的确是凭着这一嗓子绝活儿，一代又一代地讨生活。

几十年来，张喜民坚持每天早起都要吊吊嗓子，想让岁月的侵蚀来得不要那么急切。“嘿嘿嘿、吼吼吼”，后脑勺和下颌的肌肉一起用力，音节从撑得浑圆的喉腔里一个个弹出来，就像一颗颗子弹。

“小时候是听着爷爷的华阴老腔入睡，长大了是听着爷爷的华阴老腔醒来。”张喜民的孙子张猛说，“唱老腔对于爷爷来说就像每天要吃饭一样，是最自然的事情。爷爷小学只上到二年级，后来靠着自学，学会了许多字。每天早上，他起床第一件事就是练声，吃完饭就看剧本。对于剧本里讲的历史和人物，他烂熟于心。干农活儿的时候爷爷也会听着老腔，听到激动的地方，就开始给我讲剧本里的故事。”

张喜民家里有一个保险柜，里边整整齐齐码着五十多本书边起皱、纸面掉色的手抄剧本。剧本的封面标注着手抄时间，“民国十年三月”“民国廿四年二月”，十分珍贵。内页唱词以毛笔竖排写就，但若仔细考究，其中有不少错别字。

他抚挲着这些偷偷保存下来的老物品，遗憾地说，过去对皮影剧本没有保存意识，有些坏掉的都扔了，现只有民国时期的，都是先人留下来的。

“文革”中，张喜民才十八九岁，当时的造反派、红卫兵要收他的皮影、老剧本。当时有些老剧本和好些皮影都被红卫兵给烧掉了。幸运的是，张喜民当时只是交给他们一部分，大部分都被他在塬上挖个洞给埋起来，埋了一年多，等到“破四旧”的风潮过了，他才把它们又挖了出来妥善保存。如今，这些宝贝被裹进包袱，放在电视机下的一个保险柜中，很少拿出来。

来村子里的人越来越多了，有的是来采风的学生，有的是想来学琴学唱，有的只是为了合一张影。

有两位客人来访，都是附近的老腔戏迷。聊着聊着，一人对张喜民说：“整一段？”

“整一段！”

就这么唱开了。一把月琴、一把二胡、一个钟铃和一对梆子，足够了。

无论有多少人前的红火和风光，回到村子就是普普通通的农民。渐入老境的张喜民需要照顾自己的二亩地，养活自己的一家老小。生活固然不再清贫了，但也谈不上富足，外界一切关于老腔的讨论似乎都与他无关。

关起院门，取下墙上的月琴拨弄琴弦，生活仍在继续。

◆ 砸凳子的人张四季

从话剧《白鹿原》到电影《白鹿原》，华阴老腔的演出中，一人突然站起来，和着曲调，狠狠敲打板凳的画面最让人印象深刻。如今，张四季砸板凳成了老腔的一个符号。外地人看不懂老腔，但一看到“砸板凳”，就知道是老腔：

惊世木一声，天下闻四季。

曲自心田起，掀天又揭地。

张四季招牌动作——“砸板凳”

在与谭维维的合作演出中，老艺人张四季一手持着震木，一手摁着长板凳，用震木猛烈敲击板凳，发出节奏鲜明、声音清脆的哐哐巨响，让观众惊叹。

有一次演出结束后，出现了一幕很有趣的事情，有个观众径直跑到台上拉着张四季的手说："你是不是生气啦？你砸板凳干啥呢？"

张四季说："这是导演安排的，为了表现一种情绪，增加舞台音乐气氛。"

这个观众说："我以为是别人都在那儿唱不让你唱，把你气得一个劲儿在那砸板凳呢！"

尽管老腔有着千年的历史，但"板凳"这一元素却是近几年才加入的。最早的老腔是船工敲击木质船桨，但是搬到舞台上后，不可能再用船桨，而板凳是陕西人家家必备的，所以就用板凳替代了船桨，成了华阴老腔中一种奇特的乐器。

至于为何会选择敲击板凳，那则是一起偶然事件造成的。这群平均年龄超过六十岁的老艺人，刚开始时常被"导演"得很不爽。张四季以前是张喜民班社中的后槽，敲铃铛梆子。张四季脾气很"倔"，他在排练的时候总是不耐烦听党安华的安排，要按照自己的动作来。有一次他撂挑子不干了，党安华气得一脚踹倒一条长凳。这一踹，倒踹出了一个动作灵感。于是，也就诞生了砸板凳的动作。说起来，张四季还是砸板凳的"第一人"。现在他的砸板凳是演出中最受欢迎的部分，"那块震木也是我们华阴老腔独特的乐器，演出时情绪到了就拍起来，再和着'嗨'一声吼，我们的风格和气场就是这样的。"张四季说。

演出挣不了多少钱，也就是养家糊口，所以不演出的时候他就会到地里干农活。

演出之余，张四季要操持家里的大小事情

张四季与新中国同龄，他从小也是学弹唱，因为在声音上缺少天分，后来就跟着父亲学“后槽”，如今在戏班里主要负责打长板——用震木敲击板凳打节奏。

“文革”期间，双泉村的老腔艺人为保存剧本，煞费苦心。张四季的父亲则在家中进门的地方挖一个大洞，洞中放了一口大水缸，将戏箱放进水缸后，再在水缸上盖一块石板，石板上垫上土，最后又把地复原。红卫兵来抄家时，他准备了一些破损的剧本和皮影交出了事。

张四季用空闲时间到处找老旧的枣木，没事就在家里砍砍斫斫，做了好多枣木梆子，积攒了一大箱子。这位七十岁的老人喃喃地说：“碰到愿意学习老腔的人，我就给他送一块……”

精彩老腔视频，请扫码观看

第五章 传承之问

华阴老腔作为富有陕西地域特色的非物质文化遗产，得到了媒体的大量报道，受到了人们的广泛关注。然而，民间文化遗产的保护和传承，仍是一个沉重的话题，因为一种民间文化形态的存在和传承，依附于它的社会历史条件。在社会文化环境剧烈变革的今天，华阴老腔的命运和前景，我们不能盲目乐观，它面临的许多问题并没有从根本上得到解决。

研究华阴老腔的传承现状，制定具体可行的保护策略，使其在新时代依然能焕发出自身光彩，才是继承和发扬华阴老腔的根本所在。

平心而论，华阴老腔的生态还依旧存在着许多深层的社会问题。从社会文化环境来看，现代的传播手段使民俗文化不得不退居弱势地位，这就决定了老腔不可能再次进入群众文化生活的主流。至于老腔当前的火爆现象，除了它本身的价值认定因素外，在相当大的程度上，还来源于人们单纯追求感官刺激的猎奇心理，而不是一种自觉的文化审美心理。对老腔的开发出新，稍有不慎，又会导致对其原生态的变种和异化，给它的历史传承带来灾难。

同时，还必须看到，华阴老腔这几年的文化活动空间，多属于官办

艺人们在城墙根下表演老腔

的非营业性文化演出，它虽然已走进了文化艺术殿堂，但还没有真正走进文化市场，走进人们的文化生活，老腔的社会文化消费阻滞状况，还没得到明显的改变，演艺传承的收效也不明显。

这些复杂的社会因素，决定了华阴老腔的生存现状：一方面，老腔艺人的激情和文化部门的一些抢救措施使老腔的生存状态有所复苏。文化媒体上的走俏，使老腔艺人从中找回了自己的价值和尊严。另一方面，传统的演艺模式，又摆脱不了大众文化消费市场上的冷落，处于一种衰荣并存的矛盾状态。在红火和喧嚣之后，我们不得不对这个“火热话题”进行深入的“冷思考”……

一、后继乏人局面仍然存在

华阴老腔表面红火、实质萧条的状态，直接影响到这一古老传统剧种的传承。王振中已是耄耋老人，其班社早已解散；双泉村的张氏家族虽还有几个传人，但能全面继承家族演艺传统的只有张喜民一人，何况他已年过七旬。其子女为了生活出路，各有所营，无意于老腔的继承。所以说华阴老腔的断代失传，绝不是危言耸听。

为了使老腔薪火不熄、后继有人，华阴市文化局鼓励老腔艺人物色传人传授演艺。王振中开始收徒殚心授艺，张喜民、张军民等也都开始在家族中寻找继承人，辅导演唱，并初步收到了可喜的成果。2007年，在西岳庙的渭南皮影调演上，首次推出新秀专场。张喜民的徒弟张香玲、康侠侠，张军民的徒弟索玉簪、张雪琴等四人参加了新秀演出，受到观众的肯定与好评。但是这种师徒相授的传艺方式，大多缺少合理的授艺资源配置，也具有传统因袭上的封闭保守属性。这种农耕社会的文化产物，远远不能满足新时期文化工作的崭新形势。

鉴于在传承上存在的问题，华阴市文化局在继成立"华阴老腔艺术团"之后，又不失时机地启动了老腔继承人的培育工程。2008年10月，华阴老腔保护中心协同老腔剧团开办了华阴老腔培训班，教学点设在市文化馆，业务由老腔剧团直接负责，聘任授课艺人，招录了第一批老腔从艺学员，对课程和课时都做了科学的安排。培训班开办后，成果显著，一些老腔新秀如张建民、张建敏等脱颖而出，老腔艺术团后备队伍已初见雏形。

出于保护传统文化的目的，华阴市文化局与渭南师范学院丝绸之路艺术学院签订了"传承华阴老腔的教育实习基地共建协议书"。但目前很少有人愿意学，而愿意学的学员年纪也大都在五六十岁，年轻人非常少。

在党安华看来，没能吸引年轻人的原因，或许是宣传得不够。但张喜民觉得，大多数报名来学华阴老腔的年轻人，都是看了2016年春晚《华阴老腔一声喊》。那次的演出直播面向全国观众，让张喜民和他的老腔剧团一下子又火了一把，但吸引来的学徒往往只是三分钟热度。

党安华坦言："年轻传承人少，严重制约着老腔发展，亟须新鲜血液加入。"虽然华阴老腔保护中心每年都搞"非物质文化遗产进校园"活动，也有几位中学生表示想学，但是学了十几天就放弃了。"兴趣和热情才是学好老腔的决定因素，没有兴趣，永远学不好。"

2009年和2014年的时候，华阴老腔保护中心曾先后办过两期学习班，2009年那期有二十七个学员，2014年那期有五十四个学员，时至今日也只剩下三十多人了。而且，虽说是新学员，但却都是"大"学生。两期学习班中最小的学员四十六岁，最大的学员五十五岁。即便是来学老腔的人也坚持不了多久。华阴老腔一板一眼，没个三五年是学不了多少东西的，但有些学员急于求成，学点皮毛、学点折子戏就想着出去挣钱，对于老腔的掌握只能浮于表面。老腔表演很难带来特别大的经济收入，别看现在很火，但演出收入并没有想象中那么多，所以学老腔的人就更少了。

"想靠唱华阴老腔谋生，天赋好的都得学一两年，有这个时间，年轻人去打工赚钱，都能赚四五万块了。"张喜民感慨。

前些年有电视台找他录节目，张喜民和他的演出团队站在了舞台上，电视台却不满意："都是老人，没有一个年轻人，这不行。"

张喜民老了，他头发花白，精力一天不如一天，嗓音也越来越嘶哑。他知道自己的衰老不可避免，但是作为华阴老腔的第十代传人，他最惦记的，是老腔不要一起老去。即使收获再多掌声，张喜民仍然感到这门家族艺术正在面临后继无人的危机。他有两个儿子，却都对老腔不感兴趣。

作为国家级传承人，张喜民早已扔掉了“不外传”“传男不传女”的家族规矩，凡是愿意学的，张喜民都会倾力相授，不收学费。

“一村姓张的，没有年轻人唱老腔。”老张说。他曾经把所有的希望寄托在孙子张猛身上。

记得2005年张猛刚上小学时，中央电视台的《戏曲采风》栏目到双泉村录节目。镜头对着张喜民，主持人却把目光投到了一旁的张猛身上。

“爱不爱听老腔？”主持人问张猛。

“不爱，爱听流行歌曲。”这个年幼的孩子回答。

虽然不爱老腔艺术，可作为老腔世家的新成员，到了该打基础的年龄，张猛还是跟着爷爷一起，吊起了嗓子，拉起了月琴。那时他人小力微，抱不起月琴，张喜民就专门给他做了一把小的，琴身小了一整圈。

爷孙同台演出

那唱腔曾经一度叫他抵触，高中住校的时候，这抵触到达了巅峰。周末回了家，他会假装作业没有做完，不肯去吊嗓子，一个小时能写完的作业，张猛能拖四五个小时，还坐在桌前不肯搁笔。他羡慕同学抱的是吉他，唱的是摇滚，时尚又炫酷。

那时他没把这抵触说出口，可张喜民仍然察觉到了。老人看着孙子脸上紧绷的表情，什么都明白了，也能够理解，没为这个批评过他。

这把小月琴陪着张猛度过了大学的岁月。他学的是测控技术与仪器专业，老张只知道孙子念的是“理工科”。这位老人能背下来几十本老腔剧本唱段，能一个人演生旦净末丑五种角色，却没法把那个拗口的专业名称念出来。

2006年，张喜民领着戏班参与话剧《白鹿原》的演出，让日渐凋零的老腔重新回到大众的视野。而听着华阴老腔长大的张猛，却因为演唱老腔，遭到了同学的嘲笑。“你爷爷唱的那是艺术，你唱的太土了，像狗叫！”看似玩笑的话，却让还在学习阶段的张猛的心一下子沉到了谷底。他觉得因为老腔，自己脱离了群体，内心深处时常感到孤独。他说，那段时间自己都是躲着爷爷走，生怕让他唱老腔。张猛也开始追起流行，什么歌火就听什么。直到大一放假回家，爷爷特意把他叫到屋里，语重心长地说道：“虽然现在有不少人来学习老腔，但都是老年人了。年青一代里，只有你。咱自家的戏都没人学，是有多么不行！”

后来，张猛在离家一千八百公里的地方上学，在那个沿海的小城里拨动琴弦，唱几句关中古音。每个假期他都要赶赴全国各地，陪着爷爷站到大大小小的舞台上。他甚至想过给老腔注入新元素，试图和大学吉他社团的同学一起，把老腔和摇滚结合起来，最终的效果却有些“不伦不类”。

爷爷对他隐约的期盼，他察觉到了，也很难无动于衷。最终，张猛

2018年大学毕业后从福建回到了双泉村老家，这个九〇后年轻人有着烫卷的刘海儿和推平的鬓角，爱穿牛仔裤和旅游鞋，用手机自拍时会开美颜功能。张喜民说，他已经不再强求家族的传承，可若是张猛愿意唱下去，他仍是高兴的。

张猛的现实考虑是，能进入华阴市文化局系统内就继续学习老腔，如果不行就另作打算。他开始备考公务员，多次报考，但最终未能遂愿。于是，他理所当然地到外边的公司去工作了——面对艺术的传承，生活表现得如此真实！

目前，近八百人的双泉村里几乎看不到多少年轻人。偶尔有几个年轻人，均表示不喜欢看老腔表演。整个华阴能唱老腔的也就二十余人。年纪在四十岁以下的艺人，几乎没有人能唱本戏。

王振中和张喜民近年收了不少徒弟。他们也想教这些徒弟唱全本戏的老腔，可是没几个人愿意学。“老腔现在火了，很多人都是冲着这个来的，想现学现卖，急功近利地挣快钱呢。”张喜民说。

二、“封闭性”是把双刃剑

历史地看，老腔兴起于民间，影响长期局限于较为狭窄的范围，且在传承上存在着相当的“封闭性”，在保证了唱腔“纯正”的同时，也客观限制了其传播范围和发展的速度。

老腔的剧本从不外传，剧本大多遗落在民间，这无疑大大限制了它的传播范围。所以时至今日，它依旧仅保留在华阴市境内。

华阴老腔的传统剧目丰富多样，从清乾隆年间到新中国成立之初，老腔世家张氏一族一直都有手抄剧本留传，其中以民国时期的手抄剧本为多。

目前，这些剧本大多还保存在个人手中，如双泉张氏现藏手抄戏本三百多册，其中有五十多册都是民国前的，最早的可追溯至乾隆年间。但是从《第一批陕西非物质文化遗产图录》（第四辑）中民国以前老腔剧本的照片可以看出，剧本的保存状态不是很好，纸张发黄且有污渍，边缘破损很严重，里面的字迹也模糊不清。因此，老腔剧本的搜集整理与保护仍需做大量细致的工作。

另外，方言也是个门槛。华阴口音不是全国人民都能听懂的语言。华阴老腔兴起于华阴，却也受限于华阴。众所周知，华阴老腔特色之一是它的华阴口音，使得老腔雄浑有力，高亢有韵律，但这也是华阴老腔仅仅局限在陕西，难以走向全国的原因。

华阴口音不是全国人民都能听懂的，就算是一百多公里外的西安，想学老腔就得矫正口音，只有跟双泉村的口音严丝合缝了，才能把华阴老腔的每一个字唱准。那么，华阴口音至少阻碍了华阴老腔在全国范围的传播。在走访中，我们发现农村人口渐渐流入城市，无论是生活习性还是语言发音都难以保存华阴老腔原本的特色。当地人口并不算多，许多年轻人由于常年在外，华阴口音并不纯正。

许多地方小戏都有各自的口音，这就导致了一个地方的人才能听得懂、唱得出当地的小戏，就这样局限在一村一县的范围，随着时代的变迁慢慢消亡。

华阴老腔起源于百姓日常生活，表演形式取材于劳动人民的生活，表演起来自然而且充满生活的纯朴，这就在新式艺术传播中遇到了一个问题——华阴老腔的表演者大多穿着自己做的褂子，表演动作并无一定的规范，即时发挥性很强，这也是人们长期钟情于华阴老腔的重要原因。然而，如今的表演形式却大受限制。

华阴老腔的乐器普遍是由艺人自己手工制作的，它们粗笨并且适用

华阴老腔传承上存在“封闭性”，并且方言也是一个门槛

于老腔的演奏，却也只适用于老腔的演奏。同时，老腔对于团队的协调配合也有非常高的要求，这也是艺人们常年在一起练习才会有的默契。

三、文化土壤流失使得老腔观众缩减

华阴老腔根植于华阴民间，一直与本地域的世风民俗息息相关，如一些传统民俗节日、一些地方礼仪习尚和民间崇拜等。但由于岁月的流逝，不少的民俗习尚已逐渐淡化或消亡，从而导致华阴老腔文化土壤的流失。

远在“革新社”期间，由于社会变革引发的文化断层，社团的演出活动也一度远离了民俗生活。改革开放后，一些旧的民俗文化虽然开始复活，但其浓郁的传统文化气息却是难以追回了。

此外，日益加快的现代生活节奏和崇尚潮流的文化环境，引起了观众审美观念和审美取向上的转变。中青年一代属于观众的主体，可他们基本没有传统文化生活的经历，而原有的老腔观众群体却逐渐流失。

华阴老腔观众数量缩减带来生存危机，流行歌舞风靡城乡，录像、电视进入千家万户，影院、舞场、游戏厅接踵兴起。它们以富有刺激性的视觉、听觉效果，占领人们的业余文化生活阵地。而如老腔等一些民间传统文艺，因受其表演功能上的某些局限，必然会退出主要的文化消费市场。

随着新型大众文化的兴起和都市文明向城镇乃至乡村的扩散，在新兴媒介便捷化、大众审美期待趋新化、文化娱乐多元化的今天，产生于帝制时代和农业社会的华阴老腔，其陈旧的表达或表演方式已满足不了全球化、市场经济和信息时代的文化艺术需求。

不仅如此，华阴老腔所隐含的一些旧观念和价值尺度已解释不了

张喜民给外国友人讲解老腔皮影

华阴老腔的传承，还需要培育后一辈人对老腔艺术的热爱

新生事物。因此，华阴老腔在审美趣味多元化的今天不但难有昔日的辉煌，而且还面临着诸多生存危机，甚至成了亟须拯救的濒危剧种。如2005年7月18日（阴历六月十三），华阴市五方乡王寨村关公庙会演出，观众很少。演出开始后，几个孩子因为好奇瞅了几眼就走了，只有十几个老人似看似听地坐在那儿。演到一多半时，狂风大作，稀疏却较大的雨点从天而降，最后只剩下几个老头被迫躲到庙里看演出并坚持到了最后。

目前，华阴老腔的保护与传承，不仅需要一定的人力和物力投入，还需要培育人们对老腔艺术的诚挚感情。只要有了这份感情，人们就必然会想方设法继承并发展老腔艺术，让它在与时俱进中实现原生态艺术与当代艺术相统一的审美效果。

社会在发展，时代在变迁，华阴老腔的生存危机是真实存在的。如果华阴老腔既不能跟上现代音乐的潮流，又无法保持经典民俗的特色，势必要在转型和怀旧的冲击下淡出观众的视线。

四、“传承”与“创新”永在争议中

相较于20世纪末的萧条状态，如今老腔可谓迎来了新的发展机遇，但是关于“传承”与“创新”的话题永在争议中。

如何处理“传承”与“创新”的两难，是困扰诸多非遗剧种的主要问题。老腔从皮影中剥离出来是不是变味了，老腔持续多年与其他艺术形式合作是不是变味了，坚守与传承是否水火不容，老腔的发展是否真的能为非遗项目探索出一条发展的路子，都是老腔在传承创新中要面对的问题。

前前后后，党安华为老腔班子编排过七十多个节目。现在常演的是两台晚会，包括二十三个节目。一台晚会叫“老腔原生态作品音乐会”，另一台叫“老腔音画·活着”。每台晚会时长近一小时。对于传统段子，党安华往往只取其中最精彩的部分。

“传统的表演，一台老腔皮影戏通常要唱一个本戏和三两个折子戏。本戏往往长达三个多小时。而现在的演出，每个节目都很短，长的不过十分钟，短的只有两三分钟。”张喜民说，“党安华往往只取其中的高潮部分。如今舞台展示的‘慷慨激昂’只是老腔皮影艺术中很少很少的一部分……”张喜民多次表示“不过瘾”“不完整”“太遗憾”！

有一次，一家电视台来拍华阴老腔。张喜民家的二楼有一间逼仄的小屋，原来供自家班社排练之用，自从跟着党安华演出后，这里基本用不着了。这次遇着拍摄，正好支起幕布来一出。

人是现成的，很快就摆开架势。张喜民主唱，他的弟弟张拾民操弄皮影，哥哥张转民拉板胡，张四季后槽，同村本家张新民帮档。一只三百瓦的灯泡亮起来，皮影挥舞，张喜民放开了嗓子。

谁知刚唱一小会儿，记者就说够了，不拍了。

“不过瘾。”张喜民嘟囔着说。他已经好多年没有唱过一出完整的戏了。

张喜民保留有五十余本剧本。这些剧本被裹进包袱，放在电视机下的一个柜子中，现在很少拿出来。

现在，他几乎连一本也记不全了。跟着党安华跑东跑西，他用不着费神记剧本。即使是排演传统段子，也只用其中的一小部分，每个长度不过几分钟。他们的祖辈、父辈，视剧本和皮影为宝贝。那是他们的饭碗，丢了这两样，就等于砸了饭碗……

2017年6月2日，中央电视台纪录频道纪录片《华阴老腔》拍摄座谈会暨高校传承研讨会在渭南召开，专家纷纷发言，为老腔传承建言。

正方：不这样折腾，老腔能活下去吗？！

专家A说：党安华大幅度促进“老腔皮影戏”的改革，将“老腔”与“皮影戏”分开，让老腔艺人从“亮子”后走向前台，不仅扩大了老腔的演出空间，还拉近了艺人与观众的距离。从此之后，老腔的演出就不仅仅局限于舞台之上，还走向了农舍庭院、街区广场、田间地头，甚至是广漠荒野等更为广阔的空间。简单地说，就是还舞台于生活，还皮影以真人。这种情景式的艺术样式，强化了老腔那种老辣、老到、老土、老古的文化元素，彰显老腔的原生特质。由于人们在视觉、听觉的刺激下得到了愉悦，因而也就赢得了市场，达到了艺术实践的预期目的。

专家B说：今天的华阴老腔之所以特具审美价值和艺术魅力，是由

传承与创新是艺术发展的两个面，缺一不可。华阴老腔这门舞台艺术也不例外

于它在漫长的剧史演进中，既承袭着传统，又接纳着外来和时潮，而不断自新变异的结果。

传承与创新是艺术发展的两个面，缺一不可。纵观中外艺术史，没有一成不变的艺术。相对于艺术史上更讲“血统”、更加纯粹的“正统”艺术而言，民间艺术更以其灵活多变、自由自在，多元化、平民化的特质，体现出了对新生事物更加敏锐、更具开放性的吸纳与接受能力。华阴老腔持续多年与其他艺术形式合作的尝试，无疑走在全国地方戏曲的前列，其经验可资参照。

专家C说：传承要走融合的路子，传承不能只是一种坚守，更应该借助其他元素，用创意包装非物质文化遗产，开辟更有效用的传承之路。以老腔与北京人艺的合作为例，地方小戏与高雅的话剧融合，达到很好的效果，一下就演了一百场。这就是成功的明证。

反方：这样折腾，这还是老腔吗？

专家D说：地方戏曲传承保护的首要任务是保护戏曲个性，保护剧种个性，保护地域文化特色，而非“一味迎合时尚观众”，使“地方戏曲剧种全然现代化、时尚化，继而同质化”。如上观点，足以为地方戏曲传承过程中一味“求新”“求变”而罔顾剧种自身艺术特质者戒。

专家E说：老腔是一种原生态型文化，其剧本具有明显的历史题材倾向，它是中国漫长的封建社会的文化产物，如果用以反映社会的现实生活，还是一个新的文化课题。新中国成立后，为使其能直接地为社会现实服务，曾先后移植和创编了一批取材于社会现实生活的现代剧，如

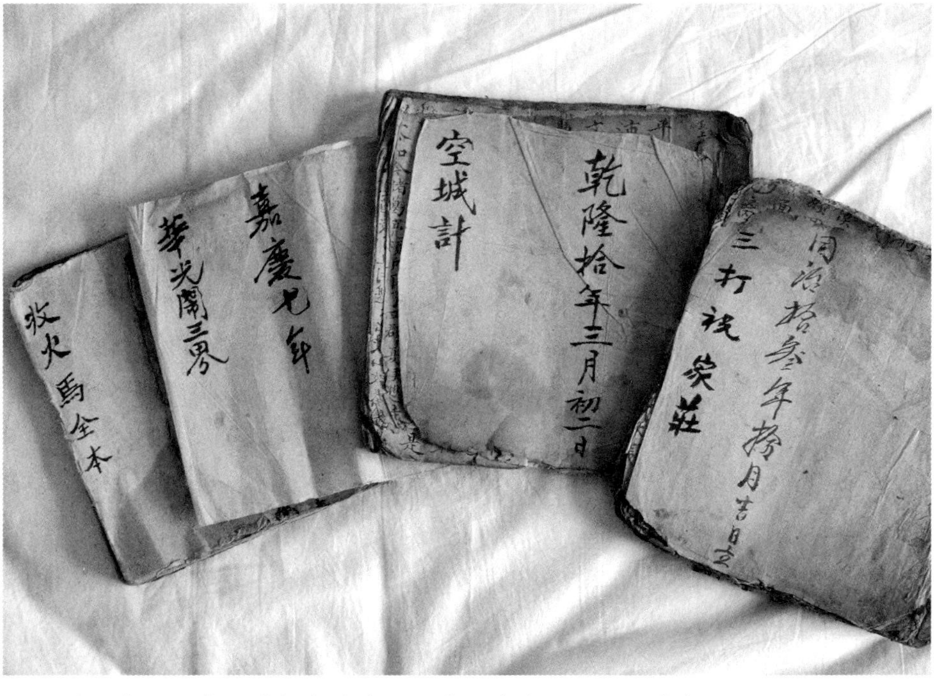

华阴老腔剧本以手抄本为多，大多保存在民间个人手中

《十枝花》《三世仇》《五谷丰登》《红灯照》《女书记》《南方怒涛》《蒲库降龙》等，还移植了《红灯记》《沙家浜》《智取威虎山》等“革命样板戏”，使这一古老的民间戏剧从文化内容上走进了当代人的社会生活。华阴老腔在繁荣民族民间文化生活上，起到了一定的积极作用，但从艺术效果上说，都未达到人们所预期的效果。究其原因，是由于它没能较好地做到形式与内容的完美结合，那种原汁原味的老腔在这些戏中大大消退，使老腔的文化本体在这种蜕变中受到了损害。因为得不到观众和社会的认可，最终只能是昙花一现，迟早要退出文化消费市场。

如果我们对老腔文化传承的本体重新审视的话，就不难看到它出现了另一种精神偏离。从老腔的剧目到语言，从主旋律到器乐效果，它带给人们的不仅是老和古，更是悲与壮。是雄奇，是激昂，而不是野俗和荒蛮；是阳刚之美，而不是粗俗之趣。因为那半文言的修辞和故事的经典性更是不容忽视的一个文化属性。再者，老腔剧本主要是为讲一个故事，而不是唱一种心绪、阐一种哲理。要真正认识到老腔的要义，只有从传承下来的大量传统剧作中去探寻。

专家F说：老艺人们整天在外面跑商演，见了大世面，但原始的艺术形态也在不断流失。

裁判：成也党安华！败也党安华也！

专家G说：老腔近些年的出新探索，还是有艺术成果的，因为它在某些方面满足了人们的精神需要。问题是我们面对的是一个文化遗产的命运问题，绝不能等闲视之。对民族文化遗产的开发和利用，应该是无损于它的文化本体和基本精神要素的，如果考虑不到这一点，我们的功过就很难说得清楚。

党安华说：“我2001年与老腔结缘，这么多年一直对老腔有一种责任感，也在为老腔的发展反思，有时甚至是自我批评——把老腔从皮影中剥离出来，是不是最好的传承……民间的东西有先天不足，需要一批文化人把它一起推进。”

五、剧本创作也是传承面临的一大问题

目前，老腔最早的剧本是乾隆年间的，在张新民手中。如今，这些剧本也没再翻动过。张新民还有一百多个皮影身子，以及五百多个皮影头，但这些皮影，被层层包裹着，夹在硬纸板中。

“剧本创作也是华阴老腔传承面临的一大问题。”党安华说。戏曲发展离不开剧本，但是现在很少有新剧本。金庸先生曾提议，希望老腔艺人通过老腔的形式将武侠小说表现出来。“这一建议很好，但是没有人能写出适合的剧本，目前只能传承，先做好传承。”

就老腔剧本创作问题和舞台表现形式，有关专家呼吁应该做好两点：

一是抢救保护。传承下来的传统老腔剧本是老腔传统文化的文本承载，也是我们对老腔进行开发的基点和出发点。对它的保护至关重要，要尽快采取有效措施，进一步对其进行普查、征集、编目存档，还要组织人力有计划地给予整理、录音、录像，形成资料性的文化出版物，以便今后为老腔剧本的开发创新提供传统依据，进而推出一批在构思与手法上有所出新的“老腔影子”戏。

二是大舞台的情景式老腔剧，是一个新的开发空间和领域。从视听效果上看，它自有其广阔的开拓前景。目前虽有了一批新成果，但对老腔文化的精神内核还把握得不够，必须重新审视老腔，找寻新的视角，创作出既不负于时代又不愧于前人的新剧作。

专家提出剧本构思的两点启示：

一、**河运文化是老腔主旋律形式的母体**。如果能把有关河运文化生活（如船工号子）化入老腔的具体情境，那才是真正地回归原声、回归原生态，像《黄河大合唱》那样，既富有生活气息，又有时代感，一定会扣人心弦。也可以试编一些贴近河运的历史剧，如《水浒传》中某些反映河流湖泊情节的精彩篇章，其视听效果会更佳。

二、**尚武情调是老腔的精神取向**。唐时的边塞诗，是一个很好的借用题材。它那悲壮苍凉的诗境，与老腔自有一定的文化契合，把它植入老腔唱段，也许会取得事半功倍的艺术效果。再者，历史上的某些典型战争场景，也可以移上舞台。通过对皮影程式的模拟和改造、改编为老腔的古装情节剧，使老腔传统剧的壮美因素更加彰显。在形式上还可以用大屏幕动态录像与舞台表演相结合的模式，做一些新的探索。

六、持续地争论，不停地自新

华阴老腔自2001年走出白幕“亮子”，走到前台至今，已经演出六百多场，但是关于皮影与老腔的剥离这一话题的争论一直在继续：

王白毛说：“皮影戏皮影戏，没有皮影就没有戏，皮之不存毛将焉附？！传承时要保留皮影，先学皮影，再学老腔，皮影是根本。”

张喜民说：“老腔追求的‘慷慨激昂’只是老腔皮影艺术中很少的一部分……”

张四季说：“剥离出来后，老腔算有名气了，但是表演的只是唱，只是‘腔’。皮影戏里有生旦净末丑，有故事，有情节，有表演。如今，没有了皮影，没有了缠绵细腻，没有了故事，没有了戏……”

党安华坚持说：“尽管和皮影戏剥离开来了，但它的风格一直没有被破坏啊。”

同时，关于神来之笔“砸凳子”的情节也是争论不断：“他只知道在舞台上摔板凳，然后跟外面的人说这是‘原生态’。可是，我唱了一辈子老腔也没见谁摔过板凳啊！皮影戏台后面哪有板凳给你摔？用的只是块惊木而已。”

王白毛说：“保护遗产最好的方法就是有人继承。老腔成为‘国家级非物质文化遗产’后，我听说国家每年拨十万块钱来保护它。于是，我就跟党团长说，想办一所教老腔的学校，可说了好几次，他都不表态……”

党安华说：“这就叫‘导演’！老腔如果不经过‘艺术加工’，现代观众谁又能坐下来听呢？”

王白毛反问：“那观众到底是来听老腔的，还是来看摔板凳的？板凳谁都会摔，何必要看舞台上的人摔呢？”

……

争论中的艺人们因为一次偶然的机会，被推进了时代的镁光灯里。他们用大半辈子亲眼见证时代的变迁，无论是人们打发时间的方式，还是艺人养家糊口的手段，都在不断变化、不断丰富。许多传统的东西变得不适应时代了，就被飞奔向前的时代抛下了。

观众的思想观念在改变，老腔旧有的审美习惯和模式也要随之相应地转变和提升，以适应当代社会不断更新的文化消费市场。任何一种文化艺术形态的持续存活，既需要继承，也需要自新，否则是没有出路的。

七、结语

世间万物，唯有变化不变！

不知那些散发出霉味的剧本、被尘封的皮影何时才会被再次翻出来？

不知那些在谁家门口随意地唱老腔段子的记忆还能不能再现？

更不知那些与老腔皮影有关的俗语，比如“老腔影子节节硬”“老腔影子大口派”， 再过一些年，是不是还有人明白它们的意思？

嬉笑怨哀曾入戏，莫叹花零水逝。天苍苍，野茫茫，征帆皆远逝，余响自悲凉……

唉！没精神了就唱老腔吧，唱完老腔就有精气神了！

心里泼烦就唱老腔吧，吼出来心里就不烦了，各美其美，自个为自个！

一吼一敲，百病全消！

精彩老腔视频，请扫码观看

▼附录

华阴老腔2001—2019年大事记

2001年

8月，老腔皮影戏从原本只闻其声不见其人的艺术表现形式，改为闻其声又见其人的艺术表现形式，这是老腔改革迈出的第一步。

2003年

7月，情景老腔《古韵乡趣》参加渭南市艺术调演，赢得了观众和专家的一致好评，获得了导演、舞美等七个一等奖。

2004年

导演党安华在编排老腔系列节目《取中山》时，增加了一条长木凳。从此，张四季和他的木凳成了老腔的标志。

2005年

2月，为陕西省人大、政协两会演出。

5月，参加了渭南市皮影协会主办的渭南市第一届皮影调演活动，荣获演出奖。

6月，在西安为北京人民艺术剧院《白鹿原》创作组人员演出。

9月，在西岳庙举行的《宝莲灯》首映仪式上，演唱了老腔《劈山救母》，深受观众欢迎。

2006年

6月，首次在首都剧场参加北京人民艺术剧院话剧《白鹿原》演出，与濮存昕、宋丹丹、郭达等同台献艺。随后，在北京中山音乐堂演出了“老腔·秦腔·《白鹿原》原生态作品音乐会”，主持人为濮存昕。

6月，华阴老腔被列入首批国家级非物质文化遗产名录。

8月，参加中央电视台举办的陕西地方戏曲展播。

2007年

1月，应邀参加了中央电视台2007年春节戏曲晚会节目录制。

6月，代表陕西参加全国第十四届群星奖，获群星大奖和群星表演奖。

7月，应香港中乐团邀请，赴香港参加文化交流演出。

9月，赴我国台湾演出。

2008年

1月，应邀参加中央电视台2008年全国农民春节联欢晚会“九亿农民的笑声”演出。

2月，参加陕西省委、省政府春节团拜会演出。

2月，张喜民、王振中被中华人民共和国文化部命名为“国家级非物质文化遗产项目皮影戏（华阴老腔）代表性传承人”。

2月，参加中华人民共和国文化部“非遗荟萃”展演。

3月，应中国艺术研究院邀请，首次登上国家大剧院参加了“天籁之音”大型音乐会演出。

4月，应上海世博局邀请，参加了“放歌世博2008上海国际音乐周”演出。

9月，开办第一期老腔培训班，面向社会招收学员25名，分5个专业，配备8名教师进行系统教学。

11月，获首届中国农民文艺会演金奖。

2009年

1月17日，应邀赴北京参加《同一首歌》节目录制。

9月，获全国民间文艺会演“女娲杯”金奖。

10月21日至29日，应邀赴美国进行文化交流演出。

11月5日至17日，应邀赴我国台湾进行文化交流演出。

2010年

1月，应邀参加文化部2010年春晚。

3月，应邀赴陕西汉中参加中央电视台“心连心”艺术团慰问演出。

4月，应邀赴我国台湾参加“陕西文化季”演出。

6月，应邀参加“放歌世博——上海世界音乐周”，与古巴摇滚歌手同台演出。

8月10日至9月2日，与中央电视台联合在华阴市拍摄了国庆特别电视节目《我们村的故事》和数字电影《高桌子低板凳》，10月2日至3日在央视七套黄金时段播出。

10月，《风雨老腔》获陕西省第五届艺术节创作一等奖、编导一等奖、优秀组织奖等。

2011年

2月，全国两会召开前，农工党中央文化委员会主任、全国政协委员张新建专程赶到华阴市双泉村调研老腔的保护与传承。2月9日、26日，中央电视台《新闻联播》《新闻直播间》播出了《新春走基层——老腔新声》及《两会新观察新动力——老腔传承记》，时间分别长达4分钟、5分钟。能在中央电视台《新闻联播》上播出这么长时间，这在华阴市前所未有，影响巨大。

10月至12月，华阴老腔艺人先后三次参加中央电视台《我要上春晚》栏目，一举进入总决赛阶段，向全国观众展示了华阴特有的优秀文化。

2012年

1月，香港凤凰卫视春节特别节目《正月里》来华阴市拍摄，华阴老腔作为华阴民俗文化参加了节目录制。

5月，参加了在深圳举办的第八届中国（深圳）国际文化产业博览交易会文艺演出。

7月，应邀赴德国参加了中德文化交流年——德国石荷州国际音乐节系列演出。

10月，为喜迎中国共产党第十八次全国代表大会胜利召开，由中央电视台主办，中央电视台音乐频道承办的“2012中国民族民间歌舞乐盛典”在央视一号演播大厅录制。华阴老腔进京献礼十八大。

2013年

1月，参加了河北电视台、合肥电视台、商洛电视台春节文艺晚会节目录制。

3月，亮相《星光大道》，为陕北民间歌手组合王建宁、刘春风助演，使其一举拿下《星光大道》周冠军，不仅宣传了陕西华阴民俗文化，也为华阴非物质文化遗产保护和传承起到了积极的推动作用。

5月至6月，应北京人民艺术剧院邀请，赴北京参加了在首都剧场进行的话剧《白鹿原》复排演出，连演19场，受到了观众的一致好评。

6月26日至29日，为庆祝陈忠实长篇小说《白鹿原》出版20周年，话剧《白鹿原》再次回到西安，在西安索菲特人民大厦剧院隆重上演4场。

6月，中央电视台《寻找最美“村官”》摄制组把华阴老腔作为《寻找最美“村官”》大型公益宣传片主要元素，专程赶到华阴进行实地拍摄。《寻找最美“村官”》公益宣传片已在中央电视台各频道播放近千次，极大地宣传了华阴的优秀传统文化。

9月，受邀参加了中央电视台大型公益活动《寻找最美“村官”》颁奖盛典，作为开场和结尾表演嘉宾进行了表演。

10月，华阴市第一期老腔培训班学员受联合国教科文组织邀请，代表中国赴法国巴黎参加了联合国《非物质文化遗产公约》颁布10周年暨中国日演出活动。

10月，参加在壶口举行的电影《老腔》开机仪式，并参与拍摄。

11月30日，以华阴老腔艺术团为班底，整合多种陕西民间艺术形式而成的综合文艺节目《日子越过越红火》，参加中央电视台《我要上春晚》特别节目——《直通春晚》。在直播节目中，老腔艺人们激越豪放的表演和陕西厚重多彩的文化得到了网民和现场评委的一致认可，高票夺得分赛场第一名。

11月、12月，两次赴石家庄参加河北卫视《炫动中国风》（第3季）节目录制。

2014年

1月10日至11日，参加中央电视台“心连心”艺术团在阎良、大荔的慰问演出。

1月19日至26日，受邀赴澳大利亚参加悉尼艺术节文化交流演出。

1月29日，2014年中共中央、国务院春节团拜会在人民大会堂二楼宴会厅举行，华阴市华山老腔艺术保护发展中心表演的老腔节目《过大年》博得现场观众的阵阵掌声，赢得了党和国家领导人的高度评价。

1月31日，2月1日至3日，中央电视台《新闻联播》《新闻直播间》

播放了新春走基层节目《老腔艺人的春晚梦》。

3月11日，华阴老腔“2014年传承培训班”在华阴市文化馆免费开班，共招收学员50余名。国家级非遗代表性传承人张喜民、王振中等8名老腔艺术家进行授课，内容主要包括月琴、板胡、签手、后槽专业技能操作，以及音乐理论知识等。学员使用的乐器、教材等全部由华阴市华山老腔艺术保护发展中心免费提供。

5月29日至6月25日，受北京人民艺术剧院邀请，赴天津、北京参加话剧《白鹿原》复排演出，共演出16场。

9月，华阴市老腔保护中心联合佳能（中国）公司、南方周末集团拍摄的“影像发现丝路之美”老腔专题纪录片《华阴老腔皮影》，在北京、上海、西安、广州、郑州等全国24个国际机场播放一个月，每天播出15次，每次180秒。这对华阴、对老腔的宣传起到积极作用。

10月31日至11月1日，受邀赴北京参加了在国家图书馆艺术中心举办的“国风·秦韵”陕西传统文化进京展演民族音乐会演出。

2015年

1月，应中国人民解放军总政治部邀请，到“将星闪耀大舞台”演出。

1月至3月，参加北京卫视《造梦者》栏目的节目录制，从初赛、复赛到决赛，历时三个月，在姚晨和洪晃两位导师的极力支持下，华阴老腔最终以高票获得了《造梦者》2015全国总决赛第二名。

3月1日，应邀参加以“一展民俗风采、共承两岸文脉”为主题的“2015年海峡两岸民俗文化节”，在活动开幕式上进行了激情演唱，粗犷、豪放、纯朴的原生态演艺，赢得了现场热烈的掌声，多家媒体现场采访，争相报道，有力地促进了两岸文化交流。开幕式后，华阴老腔艺人还到连江县进行文化交流和演出。

3月27日，参加浙江卫视《我看你有戏》栏目节目录制，助演陕北民间歌手野强强，赢得了冯小刚、张国立、成龙、李冰冰四位导师的肯定和支持。

4月，在华阴市老腔培训班后期集中一个月时间，将33名学习认真且成绩好的学员分成两组，到全市11个镇、办、管区，以及部分社区进行下乡惠民演出，共演出15场次，受到群众的一致认可和好评。4月30日，华阴老腔传承培训班结业典礼在华阴市文化馆四楼多功能厅举行，国家级老腔传承人张喜民、王振中，以及市文化局局长郝富仓、老腔保护中心主任党安华等给培训班33名学员颁发了结业证书。

4月12日，中央电视台中文国际频道《流行无限》栏目播出了时长50多分钟的专题片《华阴老腔传承人张喜民》。

6月2日，原国家领导人吴官正来华阴视察工作，其间在西岳庙观看了华阴老腔表演。

6月3日，新创华阴老腔节目《老来乐》参加陕西省“群星奖”复赛优秀节目展演。

6月22日至27日，参加由渭南市文化广电新闻出版局组织的“大河风·黄土情”非遗精品进楚雄展演活动，走进云南省楚雄彝族自治州楚雄市。

7月1日至3日，中央电视台中文国际频道暑期档大型互动节目《宝庆尚品2015“汉语桥”我与中国第一次亲密接触》走进老腔发源地华阴市双泉村，来自美国、德国、新西兰等国家的8位汉语留学生与张喜民等老腔艺人朝夕共处，一起劳作，一起学习，面对面沟通交流，积极探寻老腔历史渊源，发掘保护老腔艺术，努力推动老腔艺术传承发展。

11月18日至25日，应青年歌手谭维维邀请参加上海卫视《中国之星》的彩排及助阵演出。

2016年

1月17日至2月7日，参加2016年央视春晚。

2月25日，参加上海徐汇区非遗项目《国乐雅韵》展演活动。

3月30日，参加北京卫视音乐大师课录制。

7月28日，参加琵琶演奏家吴蛮在国家大剧院举行的音乐会演出。

10月14日，参加第11届金鹰电视艺术节开幕式演出。

11月，于厦门参加海峡两岸长征路上文博会。

2017年

1月10日，在邯郸参加中央电视台最美乡村行（魅力乡村）颁奖晚会。

1月21日，在湖南参加湖南电视台小年夜华人春晚。

4月22日至5月13日，应北京人民艺术剧院邀请参加话剧《白鹿原》的复排、演出。到2017年，话剧《白鹿原》演出满一百场，被北京人民艺术剧院收录为经典剧目。

5月21日至28日，陕西省文化厅携老腔艺人参加广东省群星奖惠民交流巡演。

2018年

2月25日至27日，在美国巡回演出。

2月28日至3月13日，参加新西兰文化交流演出。

8月6日至22日，参加北京中非合作论坛峰会。

2019年

4月22日至29日，应渭南市秦腔剧团邀请赴马来西亚参加文化交流。

▼代后记

城市安魂曲

城市人碌碌奔忙如蝼蚁，在拥挤的城市上空，一声天籁般的老腔，宛若摇曳的精神风铃，引领城市人走进一片纯净的寄托心灵的家园……

“伙计们，都准备好了吗？”

“好了。”

“抄家伙，曳一板。”

沙哑的吼声在回荡，台上的十一个人动了起来。一时间，锣鼓声、月琴声、二胡声、梆子声、喇叭声、铃铛声、木头敲击板凳的声音，一起震响了起来，那是一双双摸锄把、车辕和麻绳的手发出的阳刚之气，声音穿透耳膜、直抵心灵，让昏昏欲睡的城市灵魂不由得打了个寒战。

只见舞台上秦东大汉张喜民手执月琴，引吭高歌，峻拔、激越、苍凉，如一只盘旋在云际的强悍的鹰隼。老艺人们晃着月琴，操着皮影，敲着大锣，唱到尽兴之处，仰天齐声长吼，用力踩和着曲调狠拍着条凳，群情激昂。苍劲高亢的老腔一浪高过一浪，似崇山连绵，似秋水不绝，延延绵绵、跌跌宕宕直扑向台下。

瘦小精悍的老艺人张四季唾一口唾沫在掌心，就像要去铲土，但不是，却抡起一条长凳子，一步跨到台前，将长凳双腿置地，一手摁住板凳，一手紧握震木，举手之间，震木就在木板凳面上发出哐哐哐的敲击声，发出节奏鲜明、声音清脆的大奇大美的巨响！

气沉丹田嗓挣破，一声吼得云雾开！你会感受到一个沉默群体雄浑的力，一种生命深处不可遏制、不愿束缚的洪荒之力喷薄而出！你已听不到了唱腔，你已看不见了人，你只感觉一团躁动的热量和能量在满台子呼啸，在聚集，在奔突，在疯狂且执拗地寻找某一个出口……

拉坡号子冲破天，枣木一击鬼神惊!轰隆隆，轰隆隆，轰隆隆，千里的乌云万里的闪电，千军万马冲撞与撕咬，嚎叫，乞求，呻吟，大笑，哭诉，痛苦抑或快乐，清醒抑或麻木，你感觉整个世界都在战栗着……

在场观者眼睛惊悚地大睁着，头发竖起来了，额上的青筋跳蹦，视觉、听觉都在经受着最大的冲击和撕扯！被城市生活压迫而变得逼仄的心胸，瞬间开阔舒坦，英雄之气油然而生，恨不得奔上台去，自己也能挥刀催马与贼厮杀!

台上的那一声声呐喊，让多少人在台下的黑暗中泪流满面啊！

黑暗中的人们，浑身战栗起来。似乎也成了台上的黑面英雄，目光凛凛，气势汹汹，挥斥方遒，纵横天下。久久积郁的心胸似乎一瞬间打开了，豁亮了！

现场观众中有人感叹：老腔的演出犹如“秦军复活”，让人想起“赳赳老秦，复我河山；血不流干，死不休战”。更有观众忘情地用手掌拍打前边的椅子背，大声喝道：真他妈的爽！狗日的！

每个人心中都有要砸的东西。在那一声声原始冲动的呐喊声中，多少人怆然流涕……

也许，那一声声砸凳子的声音，穿透、震撼了心灵深处，砸碎了他们心中世俗的“小”！

也许，那一块枣木狠砸凳子，击中了他们心中的块垒和委屈，砸碎了心中要砸的东西！

也许，是那种气势磅礴、粗犷豪放、慷慨激昂、雄奇刚健的旋律，把他们潜存在心灵底层的那一根尚未被庸俗化的神经撞响了，让几乎要窒息的他们开始了呼吸！

华阴老腔，会成为一支拂挲、惊醒、救赎城市人焦虑和欲壑的安魂曲吗？

邢小俊

2020年12月

特别鸣谢：政协华阴市文史委员会、华阴市华山老腔艺术保护发展中心提供大量独家文字、图片、视频资料，书中第二、三章部分资料源于《华阴老腔剧本选辑》等内部资料；感谢摄影者郝富仓、张富强、张长久、邢小利、李毅君、梁东阳等提供精彩图片。